蚱蜢世界
非馬新詩自選集

第三卷 1990-1999

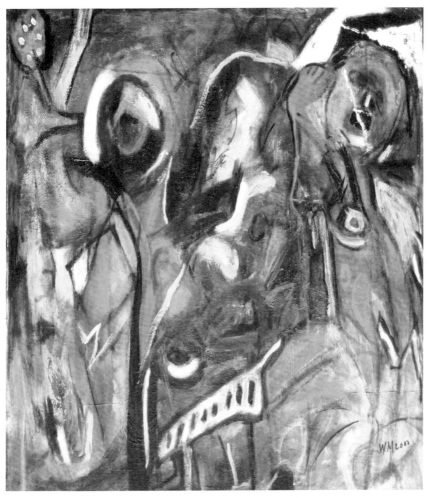

非馬畫作：狂歡舞會，丙烯，56 x 71 cm，2000

非馬畫作：秋思，油畫，35.6 x 45.8 cm，1997

非馬畫作：鏡湖，油畫，61 x 91cm，1997

非馬畫作：仲夏夜之夢，混合材料，61 x 46 cm，1997

《非馬新詩自選集》總序

　　每個作家都有出版全集的心願，我自然也不例外。但這心願對我來說，實際的考量要比滿足虛榮心來得多些。我常收到國內的讀者來信，問什麼地方能較完整地讀到我的作品。雖然近年網路興起，除了我自己營建的個人網站及部落格和博客外，許多文學網站也陸續為我的作品設立了專輯，但這些畢竟沒有白紙黑字讀起來舒適有味道，更沒有全集的方便及完整。秀威出版的這套四冊自選集（約佔我全部作品的四分之三），雖非名義上的全集，卻更符合我的心意。我想沒理由讓那些我自己都不太滿意的作品去佔據寶貴的篇幅，浪費讀者寶貴的時間。何況取代它們的，是一些精彩的評論及導讀文章。

　　我認真寫詩是在我大量翻譯歐美現代詩以後的事。上個世紀的六、七十年代，我在《現代文學》及《笠詩刊》上譯介美國當代詩，後來又擴及加拿大、拉丁美洲和英國詩人的作品，還有英譯的土耳其、法國、希臘、波蘭和俄國等地的詩。在翻譯過程中我得到了許多的樂趣，這些詩人的作品更為我的生活與寫作提供了豐富的營養。最近幾年常有台灣及大陸的年輕詩人對我說，他們在中學時期便接觸到我的詩，受到了很深的影響，有的甚至說是我的詩把他們引上了寫作之路。對我來說，他們這些話比什麼文學獎或名譽頭銜都更有意義，更使我高興。這是我對那些曾經滋養過我的詩人們的最好感恩與回報。

　　我希望我的每一首詩，都是我生命組曲中一個有機的片段，一個不可或缺的樂章。我雖然平時也寫日記，但不是每天都寫。有時候隔了一兩個禮拜，才猛然想起，趕緊坐下來，補記上那麼幾筆流水帳，無味又乏色。倒是這些標有寫作日期的詩作，記錄並保存了我當時對一些發生在身旁或天邊的事情的反應與心情。對我來說，有詩的日子，充實而美滿，陽光都分外明亮，覺得這一天沒白活。我深深相信，一個接近詩、喜歡詩的人，他的精神生活一定比較豐富，更多彩多姿。這是因為詩的觸覺比較敏銳，能讓我們從細微平凡處看到全貌，在雜亂無章的浮象中找到事物的真相與本質，因而帶給我們「一花一世界，一葉一菩提」的驚喜。特別是在人際關係越來越冷漠的今天，一首好詩常會滋潤並激盪我們的心靈，為我們喚回生命中一些快樂的時光，或一個記憶中的美景。它告訴我們這世界仍充滿了有趣及令人興奮的東西，它使我們覺得能活著真好。我常引用英國作家福特（Ford Maddox Ford，1873-1939）的話：「偉大的詩歌是它無需注釋且毫不費勁地用意象攪動你的感情；你因而成為一個較好的人；你軟化了，心腸更加柔和，對同類的困苦及需要也更慷慨同情。」能寫出幾首這樣的詩來，我想便不至於太對不起詩人這個稱號了。

2011年4月12日寫於芝加哥　

目次

1990 年代

附錄一

附錄二　非馬詩集評論選

1990年代

風雪咆哮的窗外

風雪咆哮的窗外
我心愛的菩提樹
正用暗褐色的軀體
赤裸對抗天空

我不由得打了個冷顫
當我想起
更嚴酷的天空下
咬緊牙關的你

雪的變調

> 冬天為我們保暖，覆蓋
> 大地以健忘的雪……
>
> ──艾略特《荒原》

北風狂嘯的天空下
赤裸的菩提樹
夢想著絨毛輕柔

雪！雪！
給我們雪！

北風狂嘯的天空下
久久得不到溫暖的人們
終於在眼裡燃起
熊熊怒火

血！血！
給我們血！

聖誕紅

你很難在冬天陰沉的臉上找到
這樣的紅
要
只有閉起雙眼
回到遙遠的天空
同驕陽對決
那慷慨激昂的
一瞬

或者到
歡聲雷動的鬥牛場
看被揮動的旗蒙騙了一生
直到最後時刻
才噴湧而出的
頓悟

那些在敵人刺刀下
默默掘好自己的

墳墓

然後一排排倒下

從他們飲恨的百孔裡汩汩流出的

想必也是

這樣的紅

或者虔誠的你要回到

生命的源頭

馬廄裡的陣痛

十字架上

撲撲滴落的

悲憫

非教徒的我

卻因這樣的

紅

給冰雪的季節

帶來爐邊的

回憶

而溫潤感恩

自由是

自由是一朵花
在被揉縐的老嫗臉上
徐徐舒展

自由是一片雲
在呆滯絕望的眼中
變換風景

自由是一塊磚
粉身碎骨
也要走下
那阻隔的牆

自由是一聲呼嘯──
勇士們，上馬！
風馳電掣橫掃過草原

迎春曲

忍無可忍
黑夜的胸膛
終於迸出
隆隆蟄雷
轟擊
冥頑不靈的
天空

被夏日燒炙過秋後算帳過冬雪埋葬過的
春
宣告復活

淚

升自心底的淚滾燙
外界冰涼

軟心腸的漢子
只好讓它在眼眶裡
滾動又滾動
滾動又滾動

虎3

七嘴八舌
歹毒的群鬥中牠突然想起
武松那漢子
酒氣沖天的豪壯
獨來獨往的磊落拳腳

萋萋草叢裡
舔不盡這一身
窩囊的鳥氣
幾處瘀青的暗傷
竟成全了一批
大吹大擂的
武大郎

蟬曲

沒有高潮低潮主題副題
沒有大調小調快板慢板
沒有前奏後奏序曲尾曲
日日夜夜
就這麼眾口一聲地
嘰──

整整等了十七個幽暗的年頭
才等來這短短生命的
春天
不，夏天秋天以及
迅速掩至的，啊，冬天！
當然要把生命裡所有的
悲歡離合陰晴圓缺功過得失
成敗興亡冷暖枯榮酸甜苦辣
濃縮成一首
緊管密絃沒有休止符的

第無交響曲
一口氣吐出

讓所有的耳朵
都有一個
日夜轟響的耳鳴
去劃亮
漫漫十七年的孤寂——

附記：今年夏天是芝加哥的蟬季。在土裡養息了十七年的幼蟬，終於長
　　　大成熟，紛紛破土而出，交配產卵然後死亡，把生命循環的任務
　　　交給十七年後出現的下一代去接續。在樹木繁茂的蟬區，蟬聲震
　　　耳欲聾，終日不絕。

中東風雲

連黃沙
都熬不住焦渴
紛紛鑽入
難民們的眼睛鼻孔耳朵與嘴巴
討水喝

卻發現都是些
被抽光了原油的
枯井

便一窩蜂
爭著去簇擁
軋軋的履帶

紅滾滾的太陽
早提醒它們
鮮血
最能止渴

流動的花朵

這群小蝴蝶
在陽光亮麗的草地上
彩排風景

卻有兩隻
最瀟灑的淡黃色
在半空中追逐嬉戲
久久
不肯就位

尾巴

天生我材必有

剩餘價值

尾巴

上下前後左右猛搖一陣之後

才發覺

老天難看的臉色

還是夾著尾巴做人

最安全保險

汽車

放蕩不羈的浪子

一邊揮霍

大地母親的

心血

一邊在她臉上

死命地

吻

吉普賽之歌
——愛爾蘭遊記之三

流浪的命
吉普賽母親
對著手裡的撲克牌悲嘆
她的兒女
注定要終身流浪

日夜在酒精裡流浪的
吉普賽父親
突然清醒了過來
把世代相傳的拿手本領
傾囊相授
然後要稚嫩的小手們
到人潮洶湧的大都市
去尋幽探勝
浪跡
觀光客的口袋

附記：旅途中經常看到路邊有野營車聚泊，據說是浪跡天涯的吉普賽人。他們多半不務正業，靠領取救濟金過活。有一次我們的遊覽車才在一個旅遊景點停下來，便有一個面目姣好的四、五歲小女孩上來乞討，導遊說這類小孩大多是吉普賽人，他們乞討或偷竊所得馬上便由他們的父親奉送給酒吧的老闆。在歐洲的各個大都市裡，這些吉普賽小孩們三五成群，專門找觀光客下手。

獨坐古樹下

獨坐古樹下
他苦思悶想了一整個下午
終於舒展眉頭站了起來
高舉雙臂
學老松樹的樣子
伸了一個
漂亮瀟灑的懶腰

每個受壓抑扭屈的關節
在暮色蒼茫中
都突出遒勁
軋軋作響

每次見到

每次見到
春風裡的小樹
怯怯
綻出新芽

我便想把你的瘦肩
摟在臂彎裡
擠扁
道聲早安

冬日印象

溫柔

如披雲紗的

月亮

叱吒過風雲

如今卻繫起圍裙

當起家庭主夫的

偉丈夫們

此刻有幾個

正慢啜著咖啡

嘴角帶著微笑

從廚房結冰花的窗口

抬頭看你？

對話黑鳥

（今年的冬天不冷
黑鳥沒去南方）

牠們大叫
是想把過路的眼睛
引上光禿禿的樹梢
看牠們用翹得高高的黑尾巴
刷亮二月午後的天空

（黑鳥沒去南方
今年的冬天不冷）

牠們大叫
乃為了用此起彼落的呼應
標測這空蕩蕩的樹林
牠們獨佔的遼闊

面子問題

被自己的正義
脹得
下不了台的
紅臉
不得不用更紅的
別人的鮮血
洗濯

超級盃

禮拜天下午沒球賽
這個國家一大半的男人
他們的臉
將比關掉的電視機
還陰暗

會動腦筋的節目製作者
因此搬出飛機導彈坦克與大炮
把家家戶戶的螢光幕
都渲染成七月四日
繽紛燦爛的夜空

衛星現場轉播
戰爭的電玩
電玩的戰爭
超級盃
在中東沙漠

影子

陽光下載歌載舞的影子們
一看到老天縐起眉頭變臉
便紛紛銷聲匿跡

藏污納垢的黑暗
留給那些傻瓜詩人
去揭露挖掘

失蹤

就在那裡
一個無法填補的
空位
進入黑屋後殘留眼底的
一個亮點

風景裡一棵活生生的綠樹
被粗魯的畫筆硬梆梆塗去
但重疊凸起的顏色
處處顯露
它不妥協的輪廓

夜遊密西根湖

從摩天樓的頂層伸手摘星
應該不會太難
但多半，我猜
是星星們自己走下來
為這華麗的一哩
錦上添花

在巧奪天工的玻璃窗口欣欣炫耀
或在無人一顧的天空默默暗淡
沒有比這更現實的選擇

船到馬康密克場便掉頭了
再過去是黑人區
黑黝黝
沒什麼看頭

附注：華麗的一哩（The Magnificent Mile或稱The Miracle Mile）指密西根
　　　大道的一段，為芝加哥湖濱的黃金地帶，世界上最壯觀的高樓大
　　　廈在此林立。
　　　馬康密克場（McCormick　Place）為工業品展覽場所。

噩夢

為了拯救
夢谷中
直直
墜
落
的
自
己

我斷然醒來

抬頭喜見窗外白鹿群

牠們出現
乃為了刺痛
習於幽暗的眼睛
在牠們頸背的亮白
與大地的枯黃之間
有鮮綠
轟然躍出

沒有一隻肯滿足於
安安靜靜的鉛筆素描
印象派的陽光下
牠們彼此追逐嬉戲
並且用頻頻擺動的頭
尾
唰唰刷出
活潑新鮮的
色塊

萬神殿
——羅馬遊之一

再富麗堂皇的皇宮
在它面前
都成了
隨搭隨拆的
違章建築

為了讓諸神能舒服地伸伸懶腰
他們把穹頂蓋在
所有仰望的脖子
都不得不痠痛的高度

要不是遊客指南特別指出
我們也許不會注意
陰暗的角落裡
拉菲爾炯炯透視的目光
正隨著一隻透明的

大圓球

骨碌骨碌轉動

附注：萬神殿（Pantheon）為羅馬保存得最好的古跡之一。建於公元前二
　　　十七年，重建於第二世紀。原為奧林帕斯諸神的神廟，後改為教
　　　堂。殿內為一圓形建築，可容納直徑42.75公尺的巨球。穹頂有直
　　　徑九公尺的玻璃天窗。殿內左側有拉菲爾（Raphael,1483-1520）
　　　的墓。

競技場
——羅馬遊之二

歡聲雷動
當我們掙脫了吉普賽小手們的糾纏
魚貫進場的時候

當過大學教授的導遊說
把大批基督徒
送進餓獅的肚子裡去傳教
是好萊塢編導的聖經故事

果然！
敞露的地下獸欄裡
我們只看到
一群饑餓的野貓
在遊客們的喝彩聲中
追逐搶食

雨天入水都

我們一走下遊覽車
嫵媚多情的威尼斯
便迎了過來
伸出無數溫柔的小手
要把我們攬進
她的懷裡

有備而來的女士們
這時候紛紛探手入行囊
掏出雨傘
把眼睛發亮嘴巴張得大大的老伴們
一個個
給勾了回去

禮拜天在梵蒂岡
——羅馬遊之三

連日陰雨
此刻在這原屬沼澤地的
聖彼得廣場上
卻陽光普照

如果這還不夠
導遊笑著說
待會兒教皇會出來
為大家祝福

正當我們歡喜贊嘆
羅列四周廊柱上
那些栩栩如生的石雕的時候
一個好小好小的白色身影
在陽光照不到的高高的小窗口出現
緩緩揮動雙手並且

用旅客簡易辭典上找不到的意大利話
開始冗長的廣播說教

我猜他又在那裡苦口婆心地宣講
人類博愛與世界和平的老話
像每次我在電視上看到的

但這廣場上的陽光實在太好了
真想請他老人家下來
同我們一起晒晒太陽
聊聊家常甚至談談詩
或只在廣場上隨意逛逛
看看人聽聽鳥叫
過一個真正的禮拜天

白茫茫的雪地上一隻黑鳥

就是這一隻不怕冷的
鳥
使昨夜的那場大雪
沒有
白
下

就是這一點不妥協的
黑
使冷漠呆滯的眼睛
迸出
萬
紫
千
紅

未完成的雕像

火星一束強似一束
濺著他們的眼瞼
汗臭一陣緊跟一陣
衝著他們的鼻腔
學徒們知道
又一件傑作即將在師父粗大的手中完成
另一個形體即將自禁錮的石頭裡解放

一朵將開未開的花
一扇將啟未啟的門
一雙將笑未笑的唇
一對將飛未飛的翼
一個將醒未醒的夢⋯⋯

學徒們永遠不會知道
是什麼使他們的師父
在最後緊要關頭

把靈魂熾烈悲壯的掙扎
凝成永恆

附注：在翡冷翠的學會美術館裡，米開蘭基羅的四座未完成的雕像，給
　　　了我極大的震撼。那麼強烈的表情，那麼多的可能性。比同室陳
　　　列的著名的大衛雕像，更能觸動我們的想像力。
　　　一生中創作了那麼多藝術品的米開蘭基羅，據說為了能有更多的
　　　時間工作，經常連澡都不洗。他的學徒們常因他的體臭而受到別
　　　的雕刻師的學徒們取笑。
　　　把石雕的工作認為是「把形體自禁錮的石頭裡解放出來」的米開
　　　蘭基羅，自幼即在採石場工作，深知石性。他的許多栩栩如生的
　　　作品，常給人一種感覺，他自石頭解放出來的，不僅僅是形體，
　　　更是靈魂。

特拉威噴泉
──羅馬遊之五

根據電影「羅馬之戀」的情節
每個希望重遊羅馬的旅客
必須背對這噴水池默禱
並拋擲三枚銅板

池子比電影裡看到的小得多
又剛好碰上禮拜一噴泉同管理員一起休假
看不到海神駕海馬車驅波逐浪的雄姿
我們仍急急用力拋出
三枚面值五百里拉的硬幣

但願它們在落水前沒太貶值

附注：當時意大利正經歷高度通貨膨脹，早晚匯率都不相同。

凱旋門
——羅馬遊之六

條條大路
都通向
霓虹閃爍車水馬龍的
商業區

在一截野草叢生的廢道上
我看到左右跨開巨人般雙腿的
凱旋門
默默站在暮色蒼茫裡
想不起當年
凱旋的隊伍究竟從哪一頭
旌旗蔽天鼓角動地而來

只有頑皮的風
在它寬容的褲襠下
鑽來鑽去
不停地鑽來又鑽去

威尼斯平底船

每個搖櫓的船夫
都抒情
每對依偎的情侶
都羅曼蒂克

欸乃聲中
情侶們很快便進入了
樓影盪漾情歌綿綿的夢鄉

突然一聲吆喝
好累！好累！
把他們驚醒

原來是船到了沒有紅綠燈的彎口
船夫用土話向看不見的對方來船打招呼
以免相撞

拜倫雕像前的遐思

多少個年代過去了
你就這樣站著
站在時間之流裡
這凝固的空間

那些被剝奪了一切的囚徒
只能用灼熱的目光
炙烙暗無天日的牢壁
一句句
默默
在心裡
寫詩

但你有廣闊的天空
而飄揚的風衣下
少年的激情似仍未冷
你扭頭瞪視遠方

是緬懷過去
抑瞻望未來

或者你只是在傾聽
你沉思默想的果實
此刻正在金色的陽光下
在一個愛詩者溫煦的心中
篤篤墜地

皮薩斜塔

一下遊覽車我們便看出了局勢
同大地較勁
天空顯然已漸居下風

為了讓這精彩絕倫的競賽
能夠永遠繼續下去
我們紛紛選取
各種有利的角度
在鏡頭前作出
努力托塔的姿勢

當地的導遊卻氣急敗壞地大叫
別太用力
這是一棵
不能倒塌更不能扶正的
搖錢樹

生與死之歌
——給瀕死的索馬利亞小孩

在斷氣之前
他只希望
能最後一次
吹脹
垂在他母親胸前
那兩個乾癟的
氣球
讓它們飛上
五彩繽紛的天空

慶祝他的生日
慶祝他的死日

蚱蜢世界

1.

奮力一
躍
發現頭頂上
還有一大截自由的空間

頓時
鬱綠的世界
明亮開闊

壓抑不住的
生之歡愉
此起彼落
彈性十足

2.

奮力一
躍
驚喜發現

天空仍高不可及
大地仍遼闊無邊
夏綠仍溶溶漫漫

生命還沒有定義

9月21日・雨

今年的夏天
一改往年拖拖拉拉的脾氣
才聽氣象廣播員提起
這是夏季的最後一天
便斷然潑熄
燃燒日子的餘燼
拔營準備離去
並且把幾片
唱過舞過笑過愛過夢過飛過
而終於斂翅下墜的
黃葉
悄悄交到
秋天的手裡

幾天前我們從朋友家後院
一棵被纍纍果實壓斷了枝椏的樹上
採來的那批綠蘋果
此刻正並排站在窗台上

對著濕漉漉的天空出神
那麼靜我幾乎能聽到
它們日漸成熟的體內
蜜汁分泌的聲音

仰望

仰望
仰望仰望
仰望仰望仰望

夢想中
終於把自己
也仰望成一座
仰望的銅像高高在上

神氣地
硬挺著脖子
等待暖呼呼
一陣鳥糞的洗禮

世界末日

——晨間新聞廣播員說：南韓的末日信徒們
　相信，還有17分鐘……

充血的眼睛

死瞪著空洞的黑暗

財產都已捐給教堂

除了這一身輕

只等——

天堂銹重的大門

咿呀打開

和一位前紅衛兵在舊金山看海

又一個波浪湧上來
我還來不及開口發問
那年頭你有沒有想到詩
嘩啦一聲它已在黑岩上摔得粉碎
嘆一口白氣又悄然退了下去

我們隔著霧互看了一眼
然後望開去
灰濛濛的海灣上空
這時候太陽突然冒出了臉
白亮莊嚴恍如奇蹟

但我們都知道
它一直就在那裡

無家可歸者之歌

闊是海的
空是天的
凍是骨的
餓是胃的

軀體
或俯或仰或伸或屈
是街頭巷尾的

海上晨景

從一動不動的紅點裡曳出

一條耀眼的

白線

一隻小海鷗

穿梭盤旋

把藍天與綠海

綴得

天衣無縫

醉

從酒杯裡唬唬跳出
一大批穿黑衣的
煩憂
七手八腳把他的頭按下
要溺斃
他

他掙扎叫嚷
他真的一點沒
醉

秋葉1

葉落
乃為了增加
地毯的
厚度

讓
直
直
墜
下
的
秋

不致
跌得太重

曼谷玉佛寺

冒煙的日子

喘著氣

等待

潑水節的來臨

金碧輝煌的玉佛寺裡

我的心卻清涼

如白瓷觀音

當我瞥見

在菩薩身上貼金的

一雙虔誠的小手

在自己的臉上

也貼了一朵

甜甜的

微笑

相片

他們把他的影像
放大了又放大
直到每一個毛孔
都成了
偉大的
空洞

還沒來得及裝入
歷史的巨框
嚴峻的時間老人
已在那裡歪頭覷眼
倒退著端詳
一步一步
將它
縮小
還
原

留詩

我在冰箱裡
留了幾首
詩

你到家的時候
它們一定
又冰
又甜

前生

鐵砧上的一個
叮噹
森林裡的一聲
空洞
正在宇宙某處晃蕩
不然
我也許能告訴你
前生
我是個鐵匠
或一隻啄木鳥

畫家，或一朵小花
如果我能記起
一個黃昏的臉色
在畫布上油漆未乾
或一顆晶瑩的朝露
仍在那裡滴溜溜地轉

一抹雲

一絲風……

1993年美國中西部大水

地面管制中心呼叫
哥倫比亞號太空梭

後院漲水
盼即歸航

樹4

單獨同暴風雨搏鬥了一整個下午，折損了不少枝葉卻依
然挺立著腰幹的樹對自己說：現在我可不愧為樹了。

說罷便恬然隱身入林成為風景。

跳房子
──芝加哥黑人區之一

又一個小女孩
擋住了
子彈漫遊的方向

血泊的人行道上
圍觀者清楚看到
小女孩嘴邊
壓抑不住的勝利微笑
她的雙腳
終於成功地跳入
粉筆塗畫的
兩個方格

初潮
——芝加哥黑人區之二

小女孩在路上被崎嶇絆了一跤
正巧碰上一顆呼嘯而過的流彈

紅色的血潮汩汩自她尚未成熟的身體湧出
漸僵的嘴還有話要問呼天搶地而來的母親

黃昏

還有那麼多東西需要拯救

但電視裡的西部英雄

早把馬鞍裝上帶子綁好

只等喋喋的肥皂廣告一完

便毅然決然跨上駿馬

頭都不回地

向悲壯的夕陽

篤篤

馳

去

波士尼亞冬天

樹挺身擋住
一陣呼嘯而來的子彈
好讓老人
用顫危危的斧頭
砍下一截
煙黑的殘枝

逐漸死去的樹
悲憫看著
逐漸死去的老人
拖著一截
彈痕纍纍的殘肢
向另一個灰冷的暗夜
踉蹌走去

失樂園 1
——巴哈馬遊記之一

它們無法不美
每個角落
都澄澈透明
萬物無所遁形

（要不當年上帝
如何能一眼看穿
人類心裡的鬼胎）

沒有導遊喋喋的指點
沒有斷柱殘垣
我們的思古幽情
原始而真切

水原來這麼綠
雲原來這麼白
天原來這麼青……

明星世界

自編自導自演

真人真事的

肥皂劇

每天

從每個角落

血淋淋

搶著演給

好萊塢

看

狂歡舞會
──巴哈馬遊記之四

首先是受軟禁的

海風

在土著鼓號火辣辣的鼓動下

砰砰捶打

門窗與耳膜

嚷著要

出去出去

然後是轟然一響酒精爆燃

循著賁張的血管

呼呼燒向

每一個

狂跳的心臟

被透明的塑膠文明

套牢在一起的

頭手腳臀

於是紛紛掙逃

滿屋子擺蕩

在焰光四射天旋地轉的渾沌裡

升沉游走勾結

試圖重組

另一個

赤條條的原始

吻

你的唇吻暖我的唇
或我的唇吻暖你的
都無關緊要

重要的是
我們仍有話要說
並試著把它說
好

就這樣拉扯著長大

枝葉拼命往上拉扯
要去觸摸明亮的天空
而根鬚
懷念溫濕甜黑的子宮
卻深深扎入
泥土的底層

經歷過一陣
難挨的生之劇痛
樹
終於鬆懈下來
當它看到一個年輕的男孩
一刻之前還在那裡苦苦思量
哪一根枝椏
承受得起
生命的重量
現在卻朗笑著走開
似乎一下子長大了不少

時裝

一走出百貨公司的旋門
她便發現
剛剛買來的時裝
已過了時

從迷你到迷地到美ㄈ到醜ㄈ再
回過頭去
每年她總要忙得團團轉
拉長縮短小腿
有如它們是一副三腳
不，雙腳架

而她怎麼也想不通
為什麼一件好好的時裝
一離開模特兒的身上
便縮小變形
走了模樣

買賣

・買・

打開
層層包裝的
一生

發現
竟空買了一盒
什麼也不是的
氣

・賣・

乾賣不掉
自己

那個人直嚷著
要下海

蚊蚋意志

煩躁不寧的
意志

在悶熱的黃昏沼澤
營營嗡嗡
等待
一個清涼的呼哨
自猛然張開的
血盆大口
飛出

登黃鶴樓

天空
滿佈陰雲
努力做出一副
蒼茫的樣子

放眼望去
幾條看不到頭尾的汽車長龍
在攔腰切過的大橋上蜿蜒爬行
而岸邊兩架吊車
正雄心勃勃
在比黃河還黃的
長江中
打撈一個
失落的傳說

黃鶴歸來兮

居高臨下
一個廣角鏡頭
儘在那裡伸長縮短
又伸長
不知要捕捉什麼

西陵峽

朝辭白帝彩雲間
千里江陵一日還
兩岸猿聲啼不住
輕舟已過萬重山

———李白〈早發白帝城〉

站在「長江公主」遊輪的船頭
聽機器聲
沉重如古代縴夫的腳步
篤篤
溯流而上

趁大壩的魔掌沒完全伸出
把一生中見過及未見過的
崇山峻嶺
——羅列眼前

突然遠處隱隱傳來一陣
猿嘯（或竟是三國時代
千軍萬馬的廝殺）

血紅的夕照裡
一葉輕舟順流而下
蓬頂上還殘留著
白帝城頭的一片朝霞

請問船家
船上可有一位
名叫李白的詩人？

擱筆亭

昔人已乘黃鶴去
此地空餘黃鶴樓
黃鶴一去不復返
白雲千載空悠悠
晴川歷歷漢陽樹
芳草萋萋鸚鵡洲
日暮鄉關何處是
煙波江上使人愁

——崔顥〈黃鶴樓〉

相傳李白登臨黃鶴樓，詩興大發，正欲題詩，見崔顥詩
於壁上，乃擱筆，並有「眼前有景道不得，崔顥題詩在
上頭」之說。

一定
有更清醒的理由

擱筆
乃為了留下空白
讓野心勃勃的後來者
塗鴉

春3

不滿意不滿意不滿意
直搖著頭的藝術家
又一次把大地的畫布塗白
重新來過

嫩綠
只是試筆

人間天上
──黃山遊記之一

一陣霧過
把眼前的風景
統統塗掉

我們頓時迷失
不知置身何處──
雲上
或是雲下

飛來石
——黃山遊記之二

所有長在它上面的松樹
都死命抓緊
不知什麼時候
這石頭會呼地一聲
騰空而起

畢竟
它到這兒
只是歇歇腳

無邊的綠夢
——三峽遊記

一座接一座
不可攀越的崇山峻嶺
終於將時間催眠
鳥不飛
猿不啼

我們都陷入了
一個無邊無際的綠夢

直到億萬年後
一縷炊煙自半山腰裊裊升起
我們才紛紛醒轉
重重地呼出一口氣來

古棧道

我相信
那是還沒修煉出翅膀來的神仙們
專用的登天捷徑

有長長手臂的猿猴們
只能在旁邊瞪瞪乾眼盪盪秋千
偶而也仰天啼它那麼一啼

黃山挑夫
——黃山遊記之四

每一步
都使整座黃山
嘩嘩傾側晃動

側身站在陡峭的石級邊沿
我們讓他們粗重的擔子
以及呼吸
緩緩擦臉而過
然後聽被壓彎了的腳幹
向更深更陡的山中
一路搖響過去

苦力
苦哩

苦力
苦哩

苦力

苦哩……

夢筆生花
——黃山遊記之五

石骨棱棱氣象殊
虯松織翠錦雲鋪
天然一管生花筆
寫遍奇峰入畫圖

——清・項黻〈夢筆生花〉

既然文人們能理直氣壯紛紛下海
夢筆當然也有權利拒絕繼續開花

文章千古事的幻夢早隨浮雲飄去
腰纏萬貫揮金如土的美夢正異峰突起

無論如何
明明暗暗的流水帳非記不可
而有什麼比不怕風吹雨打
無需雨露滋潤的
塑膠筆尖
更經濟

耐用

？

附注：夢筆生花是黃山的三十六小景之一。大筆管般的圓柱形石峰上，
　　　長了一棵像筆尖的古松。古松現已枯死，取代它的是一棵塑膠做
　　　的松樹。

曙光亭看日出
──黃山遊記之六

撲突一聲
一顆熟透了的
青春痘
從天空睡眼矇矓的臉上
迸了出來

我們齊聲歡呼
當我們在彼此燦亮的眼睛裡
看到面紅耳赤的宇宙少年
手足無措的
好笑模樣

連理松
──黃山遊記之七

千萬個相敬如賓的日子搭成這架高高的愛情雲梯

給想進圍城的人自由上去要出圍城的人自在下來

附注：錢鍾書在他的小說《圍城》裡把婚姻喻作圍城，城外的人想衝進
　　　去，城內的人想逃出來。

蘇州留園

這些山水盆景
多半是造給
大門不出二門不邁的
太太小姐們看的

在一條被繡花鞋磨得發亮的石徑上
我看到幾株被扭曲了的松樹
顫巍巍踮著小腳
在那裡
放眼天下

南京夫子廟

饑腸轆轆燈光發昏的廟內
子曰
朝聞道
夕食可矣

廟外
燈火輝煌熙熙攘攘
到處是聞香而來的食客

鳥‧鳥籠‧天空

打開鳥籠的
門
讓鳥自由飛
出
又飛
入

鳥籠
從此成了
天空

化裝舞會

走在街頭
他突然發現
昨晚的化裝舞會
仍在進行

每個他遇到的人
都有一張
高深莫測的面具
緊緊套在臉上
如第二層皮

白玉苦瓜
——看台北故宮博物院的玉雕

什麼苦都吃得
善烹飪的妻
卻總把苦瓜我的舊愛
排在菜單之外

只好透過詩頁
透過空間阻隔的玻璃
讓這用時間的文火
徐徐煨成的佳肴
鮮美誘動舌尖
去裸泳
津津的記憶

愚人節

四月來臨
在我辦公桌上留了張條子
「打電話給施先生──
緊急！！！」

我連忙照著號碼撥通了電話
對方說
「很抱歉獅先生不能來聽電話
他被關在籠子裡呢！」

我還來不及擱下話筒
她壓抑不住的笑聲已從電話裡
跳了出來
一口咬下我的耳朵
濺了我一臉的血

然後它撲向我那無辜的辦公室伙伴
我無能為力只有眼睜睜看著他

翻騰打滾終於，天可憐見，活活
笑死

新新草類
——野地上喜見首株蒲公英

多半是去年秋天
從什麼地方飄來的
非原住民
在這裡落地生根
燦然開出
春天的第一朵
鮮黃

捱過了漫漫嚴冬
包容萬物滋潤萬物的土地上
終於冒出
令人耳目一新的
新新草類

費明阿爾族戀歌

我們談談戀愛吧，FM9556681！
一陣紅暈掠過妳美麗的臉龐
有成熟的卵子在妳體內
蠢蠢欲動

妳的子宮
原為製造人類的後代而設
但自從人類的女性成為有閒階級
漸漸退化不再產卵而終於絕了種
妳的肚皮只為自己隆起

我們談談戀愛吧，FM9556681！
別擔心那些做不完的家務
我會製造另一批不怕苦的新人類來為妳效勞
妳只要好好地培養妳的卵
把我們費明阿爾族一代一代繁衍下去

附注：報載德國一位科學家在與結合三年的妻子離異後，發明製造了一
　　　個能從事家務的電子主婦。這個被稱為「費明阿爾」的女機器
　　　人，外表完全像女人，紅紅的臉蛋黑黑的頭髮，打扮性感，兩條
　　　美腿走起路來也很女性化。她不但能做清潔、下廚房，還能在試
　　　管培養下生兒育女。

空位的陰影

天空暈眩
風屏息

盤旋的隼鷹
把尖嘴直直對著
地面上
簌簌抖動的一隻
野兔

慘呼一閃即逝
只留下
一個空位的陰影
刺眼
如永不癒合的
血淋淋的
傷口

愛的故事

孤島上
烏龜在同岩石
做愛

頭上
白髮在同時間
做愛

紙上
筆尖在同空白
做愛

＊報載一隻在孤島上找不到同類的大烏龜，把一塊岩石當成配偶，大做
　其愛。

松
——加拿大洛磯山遊記之一

不怕冷的請站出來

唰地一聲
漫山遍谷
頓時站滿了
抬頭挺胸的
青松

這樣強韌的族類
自然有資格
目擊
恐龍的消亡

露易絲湖
——加拿大洛磯山遊記之三

1

女媧
留下的
一個小碎片

教我們辨識
天空的
本色

2

這麼嫵媚嬌艷的掌上珠
我見猶憐
難怪上帝他老人家
要頻頻交代

粗魯的恐龍不能來
熙熙攘攘的觀光客不能來

洛磯山
——加拿大洛磯山遊記之五

孤高絕俗

沒有東西能攀附

除了白雪

夏天是最殘酷的季節

無情揭露

它們額上

斑駁深刻的皺紋

險灘湍流
——加拿大洛磯山遊記之六

每個笑
都明亮
每支歌
都歡快
每張嘴
都在呼喚
來吧！來呀！

等橡皮筏一進入
便一聲吶喊一擁而上
七手八腳
潑水奪槳翻天覆地
用一個接一個的漩渦
把同舟共濟的心
旋得七零八散暈頭轉向
不辨北東西南

就在濕淋淋的驚叫紛紛落水

即將滅頂的時候

卻輕輕把皮筏挽住

然後順手一送雨過天晴

若無其事地

佈置另一個

笑瞇瞇的

陷阱

阿塔巴斯卡瀑布
——加拿大洛磯山遊記之七

對自以為是的人類
只好用這樣
撼天動地的
滔滔雄辯
把冥頑的耳朵震聾
直搗心窩

野鹿穿越區

你當然可以怪我
違規犯法
但我要回到樹林的
那一頭
不得不穿越
你們的馬路

當你的超速撞上了
我的低估
你用你的保險杠熱吻
我寸斷的硬骨
與柔腸
而我，為了回報
用鮮血沖洗
你污濁的車窗

然後你猛踩你的油門
開溜

我則傾我的全力

向上

作孤注一躍

想最後一次瞻仰

那高高豎立的黃色路牌

醒目而璀璨

附記：本月作家工作坊的指定作業是用動物的眼光及口吻寫一首詩。我
　　　翻閱自己以前關於動物的詩作，竟都是些人類本位的東西。正不
　　　知該如何下筆，今天中午在回辦公室的路上，遠遠看到一隻被汽
　　　車撞傷的鹿，在半空中翻騰掙扎。惻惻終日，回來寫成此詩。

緘默

在波士尼亞戰火裡生長的小孩，有不少因心靈受創而
失去說話能力。而一位引發戰火的塞爾維亞人領袖，
據說還是位詩人呢。

一旦詩般美麗的語言
被用來引爆
新仇舊恨的
炮彈
人類需要
另一種全新的
棄絕音節的
緘默

面對這荒謬絕倫的世界
他們其實也
無話可說

日蝕

童心未泯喜歡開開玩笑的
老太陽
又搬出那副黑面具
想嚇唬嚇唬
迷信膽小的
影子們

全沒想到
萬能的新人類
早把幻影化成
聲色犬馬的現實
日日夜夜在電腦上
大做其愛

根本不需要
什麼鬼太陽

一九九五年尾

由於地球越走越慢，巴黎的國際地球運轉服務中央局
將在一九九五年尾加上一個額外的「閏秒」，好讓
「國際原子鐘」與「世界鐘」同步。

——1995.12.18　路透社

望著地球母親

越走越蹣跚的腳步

你把驪歌的尾音

幽幽拖長

一邊把整整的

一秒

沉沉交到

揮霍殆盡的浪子手裡

看他又哭又笑

緊緊握住

這天外飛來的橫財

也是一種演出

灰茫茫的雪地上
一棵光禿禿的樹
擺著生硬笨拙的姿勢
一動不動地站在那裡

沒有花葉的妝扮
沒有蟬鳴鳥語的伴奏
沒有白雲藍天的佈景
獨自在荒謬暗淡的舞台上
苦苦
等待果陀

作為僅有觀眾的我
不禁為這嚴肅認真的演出
熱烈鼓掌叫好
並且答應自己
絕不在幕落燈熄之前
急急離座出場

夜上海

張開大口
把一卡車一卡車
鋼筋水泥砂石
猛吞進肚裡

輾轉反側
每個心
都在那裡
侹侹侹侹營造
比這城市
更高大綺麗的
夢

鬼故事

1

聽說
連那最膽小的聽眾
都平平安安地
活了下來

2

幽幽的聲音
開始隨著飄忽不定的燭光
忽長忽短
前後左右搖動了起來
我們不約而同地向中心挨近
這時背後的窗子突然格格作響
穿牆越壁的鬼魂
也被本身淒豔絕倫的故事
感動得不能自持了嗎？

我猛然一驚
觸著了什麼，誰的
好冷的小手啊！

冬天的行板

為了溫暖眼睛
白雪輕輕抱住
赤裸的樹木與原野

山在看不見的遠方
微微顫抖
厚實了皮毛的鹿
在空曠的林間
緩緩移動

當鐘聲在晚風裡
靜靜點燃
明明滅滅的星星
天空成了教堂
肅穆而莊嚴

百武彗星

宇宙
飛彈大試射

警告地球
別偏離軌道

慢條斯理的樂手

深垂的幕後
我們早已聽到
悉悉索索的鞋聲與椅聲
曳過偶而露出一點亮光的
舞台

只等那個慢條斯理的樂手
坐定打開盒蓋情人般取出
烏溜光潔的豎笛
小心翼翼檢視撫摸然後
深深吸一口氣
發出
解凍的第一聲鳥鳴

為春天定音

麻雀

在這春光明媚的早晨

你實在拿這些

吱吱喳喳的小傢伙沒辦法

對牠們大聲吆喝一點用都沒有

牠們明明知道

臉色嚴峻的老祖父心裡

此刻正漾著微笑

用頑童的惡作劇對付牠們吧

可牠們儘在有陽光的屋簷上樹梢上草地上

跳上跳下飛來飛去追逐咬撲翻滾嬉戲

就是不走近

你在眼角佈下的

陰影的陷阱

朝陽下的樹

我笑千百種笑當晨風吹過
歡欣鼓舞不克自持

用不著回頭我便知道是你我愛
又一次把我生命的陰影投落地面
深情的眼光炙燙
我裸露的頸背

退休者之歌

1

終於有資格
申請加入

飄來飄去的白雲
飛來飛去的蜜蜂
追來追去的松鼠
唱來唱去的小鳥
點頭微笑想開心事的小花
以及瞇著眼在那裡
晒太陽打盹的老松樹

他們那個既不收年費
又不爭權益的
「永不退休者俱樂部」
成為會員

2

一腳踩了空
才驚喜發現
腳下轆轆轉動的
輪子
已伸展成一片
寬坦的實地

3

放了學的小孩
歡叫著奔向
各自的
生命探險

清晨聽鳥

用最原始的方法
小鳥們在我窗外
一下下
擦打著火石
這裡那裡地
逐步
點亮天空

性急的啄木鳥
卻一個勁兒地在那裡
啄啄啄啄
要鑿穿黑暗的穹頂
全盤
引進天光

微笑2

站在人生的大鏡前
她苦苦練習了八個年頭

只為了教我們
如何作一個
由衷的
微笑

附注：住在洛杉磯的喬茜‧湯瑪斯，生來不會笑。經過醫生的多次手術
　　矯正，終於在八歲生日那天，勝利地展露了她的第一個微笑。

1996.7.11

鏡湖
——美國優山美地國家公園遊記之三

乾涸露底的鏡子
由磊磊的石卵構成

凹凹凸凸映照
天空峭絕粗獷的臉

巨杉
——美國優山美地國家公園遊記之四

從天上直直伸下來的
神們的巨腳
暫時在這裡停息

等搖晃不定的地球恢復平衡
再舉步向前

天葬台之歌

在這輪迴的起點
他們讓他的肉體
隨著靈魂一塊
塊
升天

他們不得不用鐵錘
猛敲他那冥頑滑溜的腦袋
錯過兀鷹的鉤嘴
生生世世他將永墜苦海

在超級市場

他們用赤裸
包裝雞鴨

又調節溫度
不使臉紅

聖誕夜

一夜平安

喘著氣的大地
只祈求

一夜平安

裝置藝術
——迎冬天來訪芝加哥的友人

這樣龐大的裝置工程
當然不是
區區如我的藝術家
所能為力

鋪在廣大草地上的雪
必須又厚又輕又柔又白
引誘一雙天真的腳
去踩去沒膝去驚呼去笑成一團
作為燈光的太陽必須照亮
面對面的坦蕩心眼
無需墨鏡遮羞
氣溫要調節到
風吹在臉上你只感到溫存有如我的呼吸
而簷角幾根零落的冰垂
晶瑩玲瓏好讓你夢幻的眼睛
燦然驚喜

在席爾斯塔上望遠
或凝近
都一樣清明
（極目處那一抹淡紫可能是污染
更可能是這鋼鐵城市難得流露的
朦朧之情）

密西根湖面的浮冰正好承受
幾隻日光浴的海鷗
（全世界的熱帶魚都擠在水族館裡
為你編織一個
萬紫千紅的童話）

這樣的裝置藝術
自然必須
在一夜之間拆除
當你離去

雪在窗外靜悄悄

雪在窗外靜悄悄地落著
在這樣的天氣裡
我不期望
有鳥

而竟有鳥影一
掠而過
強拉著我的目光
到遠處一個熟悉
而又陌生的原野
那裡
鳥群叫囂鼓噪
慶祝
期待已久的
痛苦的新生

雪

在窗外

靜悄悄地落著

無性繁殖戀歌

我
愛
你

我
愛愛
你你你你

我
愛愛愛愛
你你你你你你你你……

哦親愛的
你別繁殖那麼快好不好

無性繁殖葬歌

一群一模一樣的

克隆人

聚攏在一起

用一模一樣的

克隆表情

目擊一個

齒落髮脫

精疲力盡的原版

消亡

附注：克隆為CLONE的音譯。

無性繁殖政歌

野心的政客
將大量繁殖自己
好多多為自己
投上神聖的一票

一旦大權在握
當然也必須
六親，不，基因不認
大量屠殺血脈相連
每個細胞都同自己一樣野心勃勃的
自己
以免自己
向自己奪權

眼睛

戀人之目：
黑而且美。

十一月，
獅子座的流星雨。

——紀弦〈戀人之目〉

他在空白的稿紙上
寫下了一個大大的標題：
眼睛

她的眼睛
那雙使他想起
聊齋誌異裡
迷倒過多少個白面書生的
眼睛

幾個世紀過去了
那雙迷人的
想對他說什麼的眼睛

便這樣在稿紙上同他癡癡對視
狐狸糊塗

今天早上他就著晨光
在床上翻讀《紀弦精品》
猛然省悟
原來所有黑而且美
屬於戀人們的眼睛
都像沙灘上的貝殼
老早被這位住在海邊
每天起個大早的愛美的詩人
撿去分門別類統計歸納
然後用寥寥的十八個大字
加上幾個標點
向專利局提出登記
註冊商標去了

春雪

愛做夢的你
此刻想必嘴邊漾著甜笑
我臨窗佇立
看白雪
在你夢中飛舞迴旋

真想撥通越洋電話
把話筒舉向窗外的天空
讓夢中的你也聽聽
氤氤氳氳
雪花飄盪的聲音

無夢之夜

透過心眼
我自各個角度捕捉
你的一顰一笑
要為黑夜
營造一個璀燦的夢

卻沒料到
底片感光過度
影像重疊
一夜甜黑到天亮

思鄉病

害一場思鄉病
回一趟家
回一趟家
害一場思鄉病

這是無可奈何的事
這是無可奈何的事

公廁
──古城遊記之一

還沒坐定
便有響聲
自古老的年代
嘩啦嘩啦奔瀉而來

是一群市民
一字排開坐在那裡
為是否讓市長先生
在這開放的人民公廁
也佔有一坑之地
袒裎辯論

見慣了海上的人來人往
他們根本就沒注意
夾在他們當中
一個來自東方的觀光客
倒是一批沒見過世面的照相機

在那裡擠眉弄眼
爭看和衣一屁股坐下的我
久久佔著茅坑
不拉屎

附注：艾埠色斯古城為土耳其西邊的一個口岸，濱臨愛琴海，為古代通
　　　向亞洲的絲路起點，也是歷代兵家必爭之地。歷經波斯、希臘、
　　　斯巴達及羅馬等文化的洗禮與熏陶。這個保存良好的古城裡有世
　　　界上最大的神廟，建於公元前二世紀、現時仍可容納兩萬四千人
　　　的大劇場，以及被稱為古代七大奇跡之一的塞爾蘇斯圖書館。古
　　　城有公廁，兩排成直角的石板上各有八、九個坑洞，男人們可舒
　　　適地挨次坐著方便。腳前地上有水溝，供清潔之用。糞便則排入
　　　地下排水系統。

圖書館
——古城遊記之二

華燈初上
這城裡所有識字的男人們
便都打扮得整整齊齊
正正經經地出門
上圖書館去了

通過指引迷津的秘道
他們如飢似渴
在燈下孜孜撫讀
上自天文下至地理
還有那迴腸盪氣死去活來的史詩
在赤裸的女人身上

文明
便這樣一天一天
羅馬般造成

附注：圖書館就矗立在娼館的對面，據說中間有秘道相通，方便道貌岸
　　　然的紳士們。

娼館
——古城遊記之三

此去不遠的街頭
娼館在左
圖書館在右
都是修心養性的好所在

要是你躊躇不定左右為難
便讓橫臥街面的石刻廣告幫助你

一隻大大的左腳印
一個小小的女頭像
一張不大不小的鈔票
還有殷殷的敦促： 跟我來

包你稱心如意

附注：考古學家判斷同圖書館門當戶對的房子是個娼館，主要是憑屋內
　　　的鑲嵌畫及散置各處的色情小塑像，包括水槽裡挺著巨型陽具的

喜神貝斯（God Bes），還有刻在廁所裡的文字。在離房子不遠的街上，我們看到一塊光滑的石板上刻了一隻左腳印，右邊是一個女人的頭像，下面一個長方形的框框（導遊戲稱為鈔票或信用卡），裡面有「跟我來」的字樣。

神廟的完成
——希臘遊記之二

直到

木板的廟頂

傾塌腐爛

石柱紛紛出頭

撐持天空

這神廟

才算正式

完工

阿波羅神廟
——希臘遊記之三

石柱根根轟立
直通天庭

每年
一批又一批
從世界各地湧來的
觀光客
聚攏在這神廟前
孜孜聽取
年輕導遊口中
指引迷津的
神諭

仲夏日之夢

他把她的慵懶

拿在手裡把玩良久

有如抱一隻心愛的貓在膝上

撫摩她柔滑無痕的皮毛

白花花的陽光裡

冷不防冒出一句

『在黑暗裡所有的貓都是灰貓』

露骨而刺眼

就在這當兒

他感到她那隨著他的手

有韻律地伸縮起伏的頸背

突然停頓了下來

看她懶洋洋地伸了個懶腰

瞇著的眼裡溢滿笑意

嘴巴微微張開正準備

打呵欠

卻猛然掉頭用閃電的迅疾

把他灰鼠般

一口銜在嘴裡

附注：富蘭克林曾在一篇叫〈老情婦寓言〉的文章裡（原稿現存費城羅
　　　森巴赫圖書館及基金會），寫信勸一位朋友找一個老情婦。說
　　　是，不管年輕年老，「在黑暗裡所有的貓都是灰貓」。

吊帶

整個世界
就靠它
這麼
吊
著

會不會
會不會什麼時候
啪嗤一聲它突然繃斷
讓幕
直直落下來

把台上
一齣未經排演的
啞劇
（再來一個！再來一個！）
曝光

中秋無月

你怎麼知道
今夜
在層層烏雲之上
月亮仍是傳統的圓
而不是方或扁或三角或多角
或竟是變幻莫測的
不成其形的塊
你甚至無法確定
它只有一個
而不是滿天閃耀
如放大了的星星

當然
它也可能只是
一個人造的衛星
或虛擬世界裡
一個根本不存在的

虛擬的
零

但你知道
千里外的一雙凝眸
早把虛擬的零充實
混沌中飛舞的稜稜角角
早已團聚漲滿
還原成一團
你熟悉的
圓

秋景

在這天空解構

大地顛覆的

虛擬後現代

居然還用

那傳統得不能再傳統

寫實得不能再寫實的手法

漫山遍野潑撒

原色的紅與黃

成為一幅幅

明亮勻稱和諧完整且充滿詩意的

現代畫面

再一次讓我們

張口結舌

流星

向漆黑的宇宙
擲出一顆
探測的石子

億萬光年後
或許會有人聽到
琅璫傳來
撞底的聲音

看馬

仗是他們的
卻驅趕你們
去衝鋒陷陣
血汗是你們的
勛章
卻全部掛在他們的胸上

死亡算是最公平的了，不分彼此
卻仍要剝下你們的
皮
去裹他們
壯志未酬的
屍

黑馬

渾身上下
你找不到一根
衰草敗葉
澄明的眼裡
揉不進半粒沙

要不是牠的鼻端微微冒汗
鬃尖上流蕩著激奮
你根本不會想到
牠剛從夜夢的最深處
一路疾奔過來

聖嬰現象

莫非連上帝
也厭倦於
這日復一日的
單調
竟玩起
顛覆解構的
後現代把戲來了

信手輕輕一撥
安安穩穩的搖籃
便翻天覆地哇哇驚叫

附注：「聖嬰現象」原稱「厄爾尼諾」（El Nino）現象，指嚴重影響全
　　　球氣候的太平洋熱帶海域的大風及海水的大規模移動。因通常在
　　　聖誕節前後出現，故名。

網

晨光裡

每一蛛絲

都亮閃著

生命的信息

美麗單純

一隻蒼蠅

卻莽莽撞撞上網

想去解讀

白宮緋聞

兒童不宜
成人更不宜的
肥皂劇

面紅耳赤
我們都是觀眾
更是配角

高度的挑戰
——在星星眼中，地面上的五尺和七尺根本
沒什麼區別

明明知道不可能
他還是將手
高高興興地伸向
天上的星星

這是唯一的姿勢
他無須
踮起腳尖

浮冰
──阿拉斯加遊之二

脫離母體時的轟然歡呼
此刻仍在水面上載沉載浮
一頭是億萬年冷澈心骨的禁錮
一頭是從此海闊天空無邊無際的自由

在一個乍寒乍暖忽晴忽雨的早晨
我的目光
就這樣隨著你載沉載浮
一點一滴消失
一點一滴溶入
茫茫的大海
無聲無息

冰上鴛鴦
——阿拉斯加遊之三

水土不服是必然的
如何在這冰天雪地的異鄉
沾一點廉價香水的體溫
吐一口冒白霧的鳥氣
做一個濕潤短促的綺夢
才是當務之急

至於在鳥語花香的江南
一對鴛鴦正從誰的頭頂上
喇喇飛過
那樣遙遠的風流韻事
便留給多年後
一個過路的詩人
去欷噓探究吧

附記：阿拉斯加的凱奇坎（Ketchikan）是有名的出產鮭魚、礦物及木材
　　　的城市。二十世紀初，吸引了大批愛冒險的男人們，獨身來到此

地。位於河街（Creek Street）的紅燈區於是應運而生。 其中最有名的是一個叫桃莉・阿瑟（Dolly Arthur）的女人。我們參觀了她營業的房子桃莉屋（Dolly's House），所有的家具裝飾都保存得很好。其中最使我們感興趣的是牆上掛的一幅八仙過海的刺繡，臥房裡兩個繡花椅墊，還有床上擺的一個刺繡的鴛鴦枕頭。不知是哪一個耐不住寂寞的中國顧客送給她的禮物。

地心引力

終於想通了
樹上的蘋果
從容瀟灑
讓自己
墜落

砰地一聲
不偏不倚
正好打在
樹下瞌睡的
牛頓頭上

四季3

·春·

千真萬確
是初戀

我從未見過
這樣新鮮的
綠

·夏·

說你的微笑
點亮了整座花園
自然有點誇張

但我明明看到
一朵盛開的花
因你的走近
而燦爛輝煌

・秋・

豐收的季節
沒有非結不可的
果

・冬・

若非一夜大雪
愛冒險的腳
如何去踩去沒膝去驚呼去笑成一團

或者如何去
佇望茫茫

五官2

・目・

什麼時候
你的眼睛
竟混跡
閃爍的星星當中
悄然
在黎明時消隱

然後
在逐漸暗淡下去的
眼眶裡
又一把火
燃燒起太陽

・耳・

風來
便有了雨的傳說

雨來
便有了風的傳說

你不來的這些
乾旱日子
我便努力為自己
製造
風風雨雨的
傳說

‧鼻‧

你曾在風中小立
面對著我凝視的方向

這樣敏銳的嗅覺
慈悲的上帝
把它賜給
每一隻

黑暗中的
餓獸

・口・

大吃大喝之餘
也放放空氣
說說髒話
闖闖禍

每當閉起眼睛
迎向一對
熱呼呼逼近的嘴唇
她的母親
總及時從她心底
遞上那麼一塊
冰涼的
潔癖

• 心 •

接近現實的東西
不一定可靠

根據風風雨雨的報導
今天早上
外頭是一片
蕭殺蕭條

但在我心的晴空上
一個久久不墜下去的
微笑
一直在那裡
燦爛燃燒

積木遊戲

就在這片
心的廢墟上
他們曾親手
用堅實多彩的
方塊
搭建起一座
巍峨輝煌的神廟

至於它後來
究竟是被一隻玩厭了的手
輕率無聊地一下子推倒
或因其中一個負重的方塊
禁不起風風雨雨的侵蝕
而頹然塌陷
年代久遠
已湮滅不可辨析

大冰河之歌
——阿拉斯加遊記之四

所有的熱情
與色彩
都被吞噬深埋
只有一抹幽藍
在那裡無助地揮手
求救

但我們自身難保

滯緩的船機聲
如古老衰竭的心跳
撲——突撲——突
終於也歸
沉寂

一隻大搖籃
向億萬年的原始夢
一路晃盪過去

一塊逃亡的冰
在水面
載浮載沉

晨妝

她不知道
是上帝的慈悲
或惡作劇
在她的臉上
掛了一個
洗脫不掉的
陌生面具

讓有藝術天才的她
每天早晨在它上面
塗了又畫
畫了又塗
用誇張的記憶與想像
描繪一個
花紅柳綠的
春天

秋葉2

生命中最初
也可能是最後的一次旅行
當然必須又高又遠
又瀟灑平滑

強抑滿懷的興奮
它們便在枝頭
耐心地等待
一陣風過

風與旗

沒有比風
更會揣摩奉承的了
旗子想往哪邊飄
它便往哪邊吹

麗日下它們勾結搭檔
得意揚揚
佔領了整個天空

當旗子態度曖昧左右搖擺
風便氣吁吁努力製造漩渦
而當景氣低迷
風便溜之大吉
把垂頭喪氣的旗
交給濕重的
雨

賽馬

下注前
我們隨著人群
湧向馬圈
看馱著輕飄如羽毛的騎師
依序繞場的馬匹
昂首頓足噴氣
展示各自的形體肌肉皮毛
讓血絲嗜賭的眼睛
去評頭品足

你對一匹月光白馬情有獨鍾
而我看見
在朦朧曖昧的燈光下
編號為5的灰馬
頻頻用神秘的眼色瞟我

狠狠心
我在它身上押下了
生命中最大的一注

不帶地圖我旅行

沒有起點

便也無所謂

終點

在這陌生而又熟悉的國度

小丘，湖泊，緩緩的斜坡，深不可測的山谷

任眼光與舌尖放蕩徜徉

競作靈魂的探險

溫存的掌心過處

泉眼中的水

以及地深處的熔漿

都嘩嘩相應

來吧，來吧！

處處是關卡放行與殷殷的招引

而細心的你仍怕我迷路

夜夜把自己攤開

如一張地圖

蚊蟲的蛙頌

用溫軟濕潤的舌頭
設一個肉感的陷阱
等我
一不小心跌入

讓我驚喜發現
自己
竟是一隻
美味的獵物

四面佛

她對每一面都虔誠合十喃喃地許了願
然後笑著對他搖頭，說天機不可洩漏

但他從她的表情及時間的長短
猜得出她許了四個大小不同的願

他不免暗暗得意
相信自己單純卻面面俱到的無聲禱告
將是四倍的靈驗──

願她永遠幸福
願她永遠幸福
願她永遠幸福
願她永遠幸福

下凡

找不到一絲裂痕
在從地上撿起的神像身上
他用手輕輕拂去灰塵
然後將它擺回
高高在上的神位

是昨夜那場地震
把他心目中這尊神
貶落凡塵
才讓他產生了
前所未有的信心危機

既然神像完好無損
想必仍會受到
世人的膜拜
只有神像心裡明白
昨夜
是它自己凡心一動走下聖壇

此刻因他的反複翻檢

而肝腸寸斷

天有二日或更多

終於傳來了消息
在一百多億年前那場大爆炸中
被沖散的同胞骨肉
已在四十四光年之外
落了戶

興奮得睡不著覺的
當然是地球上的人類
想到在那遙遠的地方
可能繁殖的一群可愛的遠親
和平文明彬彬有禮

但願他們信仰的
是同一個上帝

附注：以舊金山州立大學及哈佛大學為主的兩個天文學小組於1999年4月
　　　15日在舊金山聯合召開新聞發佈會，宣布他們經過長期的觀測與
　　　分析，發現在離地球44光年的地方有另一個太陽系的存在。

悼歌

圍著營火
我們聽他唱
來自東方的
古老歌謠
一支又一支
將滿天的星斗點亮

然後他說
要睡了
便側身躺下
在異國的土地上
豎起一隻耳朵
傾聽
風中飄蕩的
細細長長的哀傷

煙囱2

觸目驚心
縱慾過度的大地
仍這般雄勃勃
威而剛

在天地之間

蘋果

突然僵在半空中

不知該繼續往下降

或回到樹上去

當教育委員們

熱烈辯論

是地心引力大

或是天堂

附注：美國近年保守派的宗教勢力抬頭，迫使有些州的教育委員會通過
不再把進化論列入學校課程，引起爭論。

醉醺醺的世界

讓滿肚子悶氣
撲嗤一聲
噴泄而出

世界
在此起彼落
打開啤酒瓶蓋的聲音裡
口吐白沫

餘震

被大怪手

從瓦礫中挖出的

血肉橫飛的

驚痛

仍在那裡

撲撲抽搐顫動

它們的震幅

遠遠超出

里克特級數

震央

就在我們的心窩上

山澗

這些喜歡惡作劇的石子
總愛站在
水流必經之路
扯她們的頭髮絆她們的腳
看她們左躲右閃
氣喘呼呼奔下山去

石子們知道
嬌嗔的水流
心中正暗喜
自己的婀娜多姿
水流也知道
頑皮的石子們
一天比一天
更光滑圓潤

印地安保留區賭場

一群沒被白種人趕盡殺絕的
印地安人
終於在喬洛基山區落了戶

用世代相傳的狩獵絕技
他們在這裡
設置了一個
燈火輝煌的陷阱
然後悠閑地
守株待兔
看貪婪的各色人種
蜂擁而入

別特摩爾大廈

> 安得廣廈千萬間
> 大庇天下寒士俱歡顏
>
> ——杜甫〈茅屋為秋風所破歌〉

這間比皇宮還廣的廣廈
雖然庇不了
天下所有的寒士
真要庇上個千百人
卻綽有餘裕

但今天外頭風和日暖
而這些手持門票
在名貴家具與擺飾的屋內
魚貫瞻仰的觀光客
看樣子也不像是什麼寒士
他們嘖嘖讚嘆的
是時間的幃幕後
女主人的美麗倩影

以及燈燭輝煌僕役穿梭的宴會上
裊裊飄出的麝香與酒肉香

他們可能壓根兒沒聽過
杜甫這個名字
或竟把它同近年日漸風行
淡而無味卻有減肥作用的豆腐
混為一談

附注：北卡州阿許維爾（Asheville）的別特摩爾大廈（Biltmore Mansion），
座落於8000（原為125,000）英畝的土地上，是美國最大的私人住
宅。它是富家子弟George Vanderbilt動員了1000個工人，歷時六年
於1895年建成的。全屋佔地4英畝，面寬390呎，用102級的大理石
旋梯連接四層樓，共有250個房間，65個壁爐，43個浴室，34個臥
房，以及3個廚房。富麗堂皇的餐廳裡有可容納64位賓客歡宴的大
餐桌。另設有室內保齡球場，撞球間，運動室，游泳池，音樂室
以及各式各樣的遊樂場所與設備。屋外則有250英畝的林園及10英
畝的花園，牧場，魚池，小瀑布以及讓我們那天走迷了路的林間
小道等等。近年更增建了釀酒廠，禮品店以及幾個餐館。自1930
年起開放讓公眾參觀，門票約美金30元。

藍脊山道

每個彎口
都有一片
令眼睛一亮的
嶄新風景
在那裡引誘車輪
繼續向前滾動
嘩嘩舒展

從嫩黃到深紅到焦褐到
拒絕變化的綠
就這樣在樹上在空中在地面
在我們應接不暇的眼睛與心裡
各安其位各得其所

牛鞭

牛皮製的
鞭子
一下下
打在
牛背上

徹骨的痛

埃菲爾鐵塔

以為他們
又在那裡建造
砍腦袋的鬼玩意兒
慈悲的上帝
俯下身來
一手把它拔掉

萬萬沒料到
鋼筋水泥的底部
如人類的罪惡
根深蒂固

就這樣
它被拉成一把尖矛
直直刺入
天空的心臟

夜夜

我們聽到

溫柔綺麗的巴黎

許多如氣球騰空的夢

被一一戳破

噗噗響應當年

斷頭台上

一刀兩斷的

痛快

蒙娜麗莎的微笑

一定有什麼
不可告人的秘密

在她面前
一個男人歪著頭左右打量
他的身傍
一個打扮入時的女人
正咧嘴而笑

塞尚的靜物

在一個托盤上
一隻桔子
與一根香蕉
背對著背
各做各的夢

塞尚走了過來
把它們翻轉個身
讓香蕉優雅的內弧
溫柔攬住
桔子的渾圓

頓時
空氣軟化澄明
色彩豐沛
且流動了起來

新詩創作年表與發表處所

風雪咆哮的窗外	創作時間：1990.1.18 發表處所：《首都早報》（1990.6）；《淮風》（總16期，1990）；《華報》（1991.11.28）
雪的變調	創作時間：1990.1.18 發表處所：《人間副刊》（1990.4.2）；《萬象詩刊》（1990.4.25）；《一行詩刊》（13期，1991.4）；《新大陸詩刊》（5期，1991.8）；《華報》（1991.12.19）；《一行五周年紀念集》（1992.5）
聖誕紅	創作時間：1990.1.19 發表處所：《聯合副刊》（1990.7.2）；《新大陸詩刊》（6期，1991.10）；《文匯報》（1995.4.23）；《深圳特區文學》（1995.3）
自由是	創作時間：1990.2.2 發表處所：《人間副刊》（1990.2.20）；《萬象詩刊》（34期，1990.7.25）；《一行詩刊》（11期，1990.8）；《一行五周年紀念集》（1992.5）
迎春曲	創作時間：1990.3.25 發表處所：《萬象詩刊》（33期，1990.6.27）；《當代詩壇》（8-9期，1990.5.30）；《華報》（1992.1.9）
淚	創作時間：1990.4.7 發表處所：《自立早報》（1990.8.10）；《香港文學》（69期，1990.9.5）；《新大陸詩刊》（16期，1993.6）
虎3	創作時間：1990.4.8 發表處所：《萬象詩刊》（37期，1990.10.31）；《淮風》（總16期，1990）；《世紀在漂泊》（漢藝色研，2002；雲南人民出版社，2003）
蟬曲	創作時間：1990.6.11 發表處所：《人間副刊》（1990.6.24）；《淮風》（總16期，1990）；《香港文學》（75期，1991.3）；《九十年代詩選》（創世紀，2001）；《海岸線》（2007冬）；《無根草》（2008.3.29）；《大風箏》2006年；《搶救閱讀理解——現代文篇》（龍騰文化，2010）

中東風雲	創作時間：1990.9.14 發表處所：《人間副刊》（1990.10.9）；《千島詩刊》（74期，1991.3.14）；《美華文學》（1999年5-6月號）；《僑報》（1994.8.4）
流動的花朵	創作時間：1990.9.26 發表處所：《聯合副刊》（1990.11.4）；《千島詩刊》（74期，1991.3.14）；《詩潮》（48期，1992.11-12）；《珠海文學雙月刊》（1997年3期，1997.6）；《台灣詩學季刊》（22期，1998.3）
尾巴	創作時間：1990.9.27 發表處所：《一行詩刊》（12期，1990.12）；《千島詩刊》（74期，1991.3.14）；《新大陸詩刊》（16期，1993.6）；《笠詩刊》（176期，1993.8）；《世界華人詩歌鑒賞大辭典》（書海出版社，太原，1993年）
汽車	創作時間：1990.9.28 發表處所：《人間副刊》（1990.12.7）；《新大陸詩刊》（17期，1993.8）；《笠詩刊》（176期，1993.8）；；東方文化（56期，2001.11.31）；《地球村的詩報告》（江天編，1999.3）；《露天吧4——刀中文網在線作家專號》
吉普賽之歌	創作時間：1990.10.25 發表處所：《自立早報》（1990.12.3）；《世界日報》（1990.12.30）；《海口晚報》（1991.2.26）；
獨坐古樹下	創作時間：1990.12.6 發表處所：《聯合副刊》（1991.2.7）；《華夏詩報》（53期，1991）；《新亞時報》（1991.7.20）《馬來西亞自由日報》（2002.6.14）
每次見到	創作時間：1991.1.27 發表處所：《聯合文學》（78期，1991.4）；《華文文學》（19期，1992.1）；《人民文學》（1993.2）；《情詩手稿》（2002.6）；《情詩〔現代篇〕》（2003增修版）；《嘎，情詩》（向明主編）；《20世紀華文愛情詩大典》（駱寒超、董培倫主編，2008.7）
冬日印象	創作時間：1991.2.16 發表處所：《笠詩刊》（169期，1992.6）；《僑報》（1993.6.9）
對話黑鳥	創作時間：1991.2.22 發表處所：《一行詩刊》（15期，1991.10）；《笠詩刊》（169期，1992.6）；《新詩歌》（2003.10）；《一行五周年紀念集》（1992.5）；
面子問題	創作時間：1991.2.23 發表處所：《新亞時報》（1993.6.5）；《笠詩刊》（176期，1993.8）；《當代詩壇》（15期，1993.12.10）

超級盃	創作時間：1991.3.23 發表處所：《聯合副刊》（1991.4.18）；《萬象詩刊》（44期，1991.5.29）；《曼谷中華日報》（1993.6.21）；《美華文學》（1999年5-6月號）；
影子	創作時間：1991.6.6 發表處所：《萬象詩刊》（46期，1991.7.31）；《笠詩刊》（176期，1993.8）；《當代詩壇》（15期，1993.12.10）；
失蹤	創作時間：1991.6.21 發表處所：《人間副刊》（1991.9.20）；《一行詩刊》（15期，1991.10）；《人民文學》（1993.2）；《詩雙月刊》（24期，1993.6.1）；《新語絲》（44期，1997.9）
夜遊密西根湖	創作時間：1991.9.10 發表處所：《中時晚報》（1991.10.13）；《華夏詩報》（總70期，1992.8.25）；《美華文學》（1999年5-6月號）；常青藤詩刊（No.2，2005.12）
噩夢	創作時間：1992.1.2 發表處所：《一行詩刊》（17期，1992.8）；《華報》（1993.3.11）；《香港文學報》（1992.10-12）；《一行六周年紀念集》（1993.5）；《笠詩刊》（176期，1993.8）
抬頭喜見窗外白鹿群	創作時間：1992.3.15 發表處所：《中時晚報》（1992.5.31）；《一行詩刊》（17期，1992.8）；《一行六周年紀念集》（1993.5）；
萬神殿	創作時間：1992.4.12 發表處所：《聯合文學》（96期，1992.10）；《華夏詩報》（總75期，1993.3.25）；《新大陸詩刊》（12期，1992.10）
競技場	創作時間：1992.4.16 發表處所：《華報》（1992.9.18）；《聯合文學》（96期，1992.10）；《新大陸詩刊》（12期，1992.10）
雨天入水都	創作時間：1992.5.7 發表處所：《華夏詩報》（總70期，1992.8.25）；《聯合文學》（1996期，92.10）；《新大陸詩刊》（14期，1993.2）；《詩天空》（第四期，2005.11.15）
禮拜天在梵蒂岡	創作時間：1992.5.8 發表處所：《聯合文學》（96期，1992.10）；《新大陸詩刊》（12期，1992.10）；《新亞時報》（1993.1.16）；《華夏詩報》（總75期，1993.3.25）；

白茫茫的雪地上一隻黑鳥	創作時間：1992.1.30 發表處所：《香港文學》（89期，1992.5）：《赤道風》（22／23期，1993.3.1）：《世界日報》（1993.12.2）：《笠詩刊》（200期，1997.8）：《風笛》（61期，2006.2.10）
未完成的雕像	創作時間：1992.5.16 發表處所：《聯合文學》（96期，1992.10）：《新大陸詩刊》（15期，1993.4）：：《華夏詩報》（總82／83期，1994.3.25）
特拉威噴泉	創作時間：1992.5.16 發表處所：《新亞時報》（1992.7.4）：《聯合文學》（96期，1992.10）：《新大陸詩刊》（12期，1992.10）：《萬象詩刊》（93期，1993.9.29）：
凱旋門	創作時間：1992.5.21 發表處所：《新大陸詩刊》（11期，1992.8）：《人間副刊》（1992.8.11）：《曼谷中華日報》（1993.8.24）
威尼斯平底船	創作時間：1992.5.21 發表處所：《新大陸詩刊》（11期，1992.8）：《人間副刊》（1992.8.11）：《曼谷中華日報》（1993.9.16）
拜倫雕像前的遐思	創作時間：1992.6.3 發表處所：《香港文學》（92期，1992.8）：《新大陸詩刊》（14期，1993.2）：《笠詩刊》（173期，1993.2）：《四國六人詩選》（1992.12）：《國際華文詩人百家手稿集》（1995.12）
皮薩斜塔	創作時間：1992.7.2 發表處所：《新大陸詩刊》（13期，1992.12）：《香港文學報》（1992.10-12）：《笠詩刊》（176期，1993.8）：《新詩讀本》：《九十年代詩選》（創世紀，2001）：《詩*心靈》卷一（文化走廊，2010）
生與死之歌	創作時間：1992.8.15 發表處所：《明報月刊》（1992.10）：《人間副刊》（1992.10.27）：《一行詩刊》（18期，1992.12）：《新大陸詩刊》（14期，1993.2）：《中國詩歌年鑑》（1993卷，1994.8）：《珠海青年報》（1995.11.9）：《新語絲》（44期，1997.9）：《詩刊》（2002.3.上半月刊）：《詩選刊》（2002.5）：《中華現代文學大系》：《海南詩文學》（2009.6.20）：《詩*心靈》卷一（文化走廊，2010）

蚱蜢世界	創作時間：1992.8.18 發表處所：《聯合副刊》（1992.11.14）；《新大陸詩刊》（13期，1992.12）；《文學台灣》（5期，1993.1）；《赤道風》（24期，1993.4）；《華夏詩報》（總75期，1993.3.25）；《四國六人詩選》（1992.12）；《鳶都報》（1994.3.10）；《九十年代詩選》（創世紀，2001）；《小詩星河——現代小詩選（2）》
9月21日・雨	創作時間：1992.9.24 發表處所：《新大陸詩刊》（13期，1992.12）；《一行詩刊》（18期，1992.12）；《文學台灣》（5期，1993.1）；《笠詩刊》（172期，1992.12）；《四國六人詩選》（1992.12）
仰望	創作時間：1992.10.17 發表處所：《笠詩刊》（171期，1992.10）；《萬象詩刊》（81期，1993.3.31）；
世界末日	創作時間：1992.10.28 發表處所：《中時晚報》（1992.12.20）；《萬象詩刊》（75期，1992.12.30）；《華報》（1993.5.6）；《華文文學》（21期，1993第一期）
和一位前紅衛兵 在舊金山看海	創作時間：1992.11.10 發表處所：《香港文學》（97期，1993.1）；《新大陸詩刊》（17期，1993.8）；《人間副刊》（1993.8.20）；《華夏詩報》（總78-79期，1993.8.25）；《梅園文學創刊號》（2007.1.1）
無家可歸者之歌	創作時間：1992.12.14 發表處所：《人間副刊》（1993.5.24）；《文學台灣》（8期，1993.10）；《四國六人詩選》（1992.12）；《新詩歌》（總13期，2003.11-12）
海上晨景	創作時間：1992.12.15 發表處所：《青少年詩報》（1995珍藏版）；《中央副刊》（1997.10.2）；《笠詩刊》（200期，1997.8）
醉	創作時間：1992.12.15 發表處所：《中時晚報》（1993.9.19）；《詩世界》（第三期，2000.8.28）；《感動——中國的名詩選萃》（2006.4，人民日報出版社）
秋葉1	創作時間：1993.3.20 發表處所：《新大陸詩刊》（19期，1993.12）；《笠詩刊》（182期，1994.8）；《新華文學》（42期，1998.6）；《重慶日報副刊》（1998.9.25）；《天下詩選II1923-1999》（天下文化）；《熱閱精讀》（育達文化）

曼谷玉佛寺	創作時間：1993.4.23 發表處所：《香港文學》（103期，1993.7）；《新大陸詩刊》（18期，1993.10）；《萬象詩刊》（96期，1993.11.24）；《聯合副刊》（1994.8.28）
相片	創作時間：1993.5.29 發表處所：《人間副刊》（1993.8.20）；《新大陸詩刊》（19期，1993.12）；《新語絲》（44期，1997.9）；《新華文學》（42期，1998.6）；《香港文學報》（1999.2）
留詩	創作時間：1993.7.9 發表處所：《一行詩刊》（20期，1993.9）；《笠詩刊》（181期，1994.6；184期，1994.12.15）；《風笛》（21期，2004.6.4）；《海南詩文學》（2009.6.20）
前生	創作時間：1993.8.2 發表處所：《文學台灣》（9期，1994.1）；《一行詩刊》（21期，1994.3）；《清涼》（復刊第7期，1995.4）；《新華文學》（42期，1998.6）
1993年美國中西部大水	創作時間：1993.8.4 發表處所：《一行詩刊》（20期，1993.9）；《文學台灣》（9期，1994.1）；《珠海文學》（1997年3期，1997.6）；《台灣詩學季刊》（22期，1998.3）
樹4	創作時間：1993.9.3 發表處所：《文學台灣》（9期，1994.1）；《一行詩刊》（21期，1994.3）；《新大陸詩刊》（39期，1997.4）；《中國詩歌選》（1998年版）；《香港散文詩》（21期，2006.12）；《中外華文散文詩作家大詞典》（2007.3）；《作家報》（2007.5.29）
跳房子	創作時間：1993.9.26 發表處所：《人間文學》（1993.11.21）；《文學台灣》（9期）；《新大陸詩刊》（20期，1994.2）；《珠江源》（40期，1994.5）
初潮	創作時間：1993.9.26 發表處所：《人間文學》（1993.11.21）；《新大陸詩刊》（20期，1994.2）；《珠江源》（40期，1994.5）；《詩刊》（2002.3.上半月刊）；《詩選刊》（2002.5）
黃昏	創作時間：1993.10.11 發表處所：《新大陸詩刊》（22期，1994.6）；《文學台灣》（11期，1994.7）；《詩雙月刊》*中國現代詩粹（1995.4）；《赤道風》（47期）
波士尼亞冬天	創作時間：1993.11.23 發表處所：《香港文學》（111期，1994.3）；《人間副刊》（1994.4.17）；《笠詩刊》（182期，1994.8.15）

失樂園1	創作時間：1994.1.9 發表處所：《僑報副刊》（1994.3.11）；《人間副刊》（1994.5.26）；《笠詩刊》（183期，1994.10.15）
明星世界	創作時間：1994.1.12 發表處所：《新大陸詩刊》（22期，1994.6）；《文學台灣》（11期，1994.7）；《華報》（1997.2.7）；《珠海文學》（1997.6）；《重慶日報副刊》（1998.9.25）；《九十年代詩選》（創世紀，2001）
狂歡舞會	創作時間：1994.2.3 發表處所：《人間副刊》（1994.4.22）；《笠詩刊》（183期，1994.10.15）；《青少年詩報》（1995）
吻	創作時間：1994.2.14 發表處所：《聯合副刊》（1994.4.29）；《新大陸詩刊》（22期，1994.6）；《笠詩刊》（184期，1994.12.15）；風笛（21期，2004.6.4）
就這樣拉扯著長大	創作時間：1994.3.19 發表處所：《中時晚報》時代文學（277期，1994.8.14）；《新大陸詩刊》（24期，1994.10）；《華夏詩報》（總102期，1996.6.25）
時裝	創作時間：1994.5.25 發表處所：《人間副刊》（1994.6.30）；《新大陸詩刊》（24期，1994.10）；《赤道風》（29期，1994.12）
買賣	創作時間：1994.6.24 發表處所：《大中華》（2期，1994.9／10）；《新大陸詩刊》（31期，1995.12）；《明報明月副刊》（1997.6.3）；《珠海文學》（1997.6）；《中央副刊》（1997.10.2）
蚊蚋意志	創作時間：1994.8.16 發表處所：《人間副刊》（1994.11.9）；《新大陸詩刊》（47期，1998.8）；《一行詩刊》（22／23期合刊）
登黃鶴樓	創作時間：1994.10.1 發表處所：《人間副刊》（1995.4.30）；《84年詩選》（1996.5.31）；《當代名詩人選》；《九十年代台灣詩選》（沈奇編）；《20世紀漢語詩選第四卷1977-1999》
西陵峽	創作時間：1994.10.4 發表處所：《羊城晚報》（1994.12.20）；《美華文化人報》（1卷1期，1995.2.1）；《紅岩》（1995.5）；《新大陸詩刊》（27期，1995.4）；《中央副刊》（1995.6.2）；《國際華文詩人精品集》（1996.3）
擱筆亭	創作時間：1994.10.5 發表處所：《羊城晚報》（1994.12.20）；《美華文化人報》（1卷1期，1995.2.1）；《人間副刊》（1995.5.12）；《新大陸詩刊》（47期，1998.8）

春3	創作時間：1994.10.9 發表處所：《羊城晚報》（1994.12.20）；《美華文化人報》（1卷1期，1995.2.1）；《聯合副刊》（1995.1.26）；《珠海文學》（1997.6）；《新大陸詩刊》（47期，1998.8）；《重慶日報副刊》（1998.9.25）；《世界華人詩萃》（2001.7.13，劉湛秋、許耀林主編）
人間天上	創作時間：1994.10.14 發表處所：《新大陸詩刊》（29期，1995.8）；《笠詩刊》（189期，1995.10.15）
飛來石	創作時間：1994.10.14 發表處所：《人間副刊》（1994.12.12）；《新大陸詩刊》（29期，1995.8）；《詩刊》（總318期，1995.11）；《國際華文詩人精品集》（1996.3）
無邊的綠夢	創作時間：1994.10.14 發表處所：《潮陽文苑》（1994.12）；《新大陸詩刊》（27期，1995.4）；《中時晚報時代文學周刊》（1995.6.11）；《世界副刊》（1998.12.1）
古棧道	創作時間：1994.10.14 發表處所：《羊城晚報》（1994.12.20）；《美華文化人報》（1卷1期，1995.2.1）；《新大陸詩刊》（26期，1995.2）；《人間副刊》（1995.5.30）
黃山挑夫	創作時間：1994.10.15 發表處所：《人間副刊》（1994.12.12）；《新大陸詩刊》（25期，1994.12）；《詩刊》（總318期，1995.11）；《漢詩世界》（總5，6期，1996.8.8）；《國際華文詩人精品集》（1996.3）；《華文文學》（總31期，1997年2期，李花白作品──非馬詩意畫）；《九十年代詩選》（創世紀，2001）；《海南詩文學》（2009.6.20）
夢筆生花	創作時間：1994.10.16 發表處所：《人間副刊》（1994.12.12）；《新大陸詩刊》（29期，1995.8）；《詩刊》（總318期，1995.11）
曙光亭看日出	創作時間：1994.10.19 發表處所：《新大陸詩刊》（25期，1994.12）；《中時晚報時代文學》（254期，1995.2.26）
連理松	創作時間：1994.10.22 發表處所：《新大陸詩刊》（25期，1994.12）；《中央副刊》（1995.10.21）
蘇州留園	創作時間：1994.10.26 發表處所：《新大陸詩刊》（26期，1995.2）；《香港文學》（124期，1995.4.1）；《笠詩刊》（189期，1995.10.15）

南京夫子廟	創作時間：1994.10.26 發表處所：《新大陸詩刊》（26期，1995.2）：《文學台灣》（17期，1996.1冬季號）：《香港文學》（124期，1995.4.1）：《界限》（第一期，2000.1.1）：《詩泊秦淮》
鳥・鳥籠・天空	創作時間：1995.2.2 發表處所：《新大陸詩刊》（30期，1995.10）：中央副刊（1995.10.21）：《東方文化館》（56期，2001.11.31）：《優遊意象世界－選當代名家詩作》（蕭蕭主編，《聯合文學》，2006）
化裝舞會	創作時間：1995.2.2 發表處所：《聯合副刊》（1995.4.20）：《青少年詩報》（1995珍藏版）：《華夏詩報》（總95期，1995.7.25）：《界限》（第一期，2000.1.1）
白玉苦瓜	創作時間：1995.2.17 發表處所：《人間副刊》（1995.3.13）：《新大陸詩刊》（30期，1995.10）：《世界副刊》（1998.12.29）
愚人節	創作時間：1995.3.25 發表處所：《華報》（1995.4.20）：《人間副刊》（1995.4.10）
新新草類	創作時間：1995.4.18 發表處所：《聯合副刊》（1995.6.27）：《美華文化人報》（1卷4期，1995.8.1）：《曼谷中華日報》（1995.12.14）
費明阿爾族戀歌	創作時間：1995.5.6 發表處所：《聯合副刊》（1995.6.10）：《美華文化人報》（1卷4期，1995.8.1）：《新大陸詩刊》（29期，1995.8）：《詩世界》（第2期，1996.8.15）
空位的陰影	創作時間：1995.6.6 發表處所：《人間副刊》（1995.8.21）：《美華文化人報》（1卷6期，1995.12.1）：《世界華人詩萃》（2001.7.13，劉湛秋、許耀林主編）
愛的故事	創作時間：1995.8.19 發表處所：《世界日報》（1996.3.6）：《笠詩刊》（200期，1997.8）：《美華文學》（1999年5-6月號）
松	創作時間：1995.8.19 發表處所：《人間副刊》（1995.9.25）：《華夏詩報》（總102期，1996.6.25）：《中國詩人》（2001夏之卷）：《星島日報》（加拿大卑詩版，2002.12.6）：《詩網絡》（07，2003.2）

露易絲湖	創作時間：1995.8.21 發表處所：《聯合副刊》（1995.10.13）；《詩世界》（第2期，1996.8.15）；《美華文學》（1999年5-6月號）；《世界華人詩萃》（2001.7.13，劉湛秋、許耀林主編）；《星島日報》（加拿大卑詩版，2002.12.6）
洛磯山	創作時間：1995.8.22 發表處所：《人間副刊》（1995.9.25）；《美華文化人報》（1卷6期，1995.12.1）；《華夏詩報》（總102期，1996.6.25）；《加華作家》（7期，2002年秋）
險灘湍流	創作時間：1995.8.25 發表處所：《中央副刊》（1995.10.21）；《新大陸詩刊》（41期，1997.8）；《加華作家》（7期，2002年秋）
阿塔巴斯卡瀑布	創作時間：1995.8.26 發表處所：《中時晚報時代文學周刊》（292期，1995.11.19）；《深圳特區報》（1996.1.31）；《中國詩人》（2001夏之卷）；《加華作家》（7期，2002年秋）
野鹿穿越區	創作時間：1995.9.1 發表處所：《文學台灣》（17期，1996.1.冬季號）；《新大陸詩刊》（41期，1997.8）；《中國詩人》（2001夏之卷）
緘默	創作時間：1995.10.18 發表處所：《世界副刊》（1996.4.13）；《美華文化人報》19（96.8.1）；《詩世界》（第2期，1996.8.15）；《文學台灣》（22期，1997.4）；《笠詩選──穿越世紀的聲音》；
日蝕	創作時間：1995.10.25 發表處所：《人間副刊》（1995.11.30）；《美華文化人報》（1996.8.1）；《新華文學》（42期，1998.6）；《國際漢語詩壇》（總10期，1998.5.8）；《世界華人詩萃》（2001.7.13，劉湛秋、許耀林主編）
一九九五年尾	創作時間：1995.12.19 發表處所：《人間副刊》（1995.12.31）；《華報》（1996.6.6）；《詩刊》（1998.6）
也是一種演出	創作時間：1996.1.17 發表處所：《人間副刊》（1996.5.10）；《詩雙月刊》（33期，1997.3.1）；《新大陸詩刊》（41期，1997.8）；《中國詩人》（2001夏之卷）
夜上海	創作時間：1996.1.27 發表處所：《深圳特區報》（1996.7.31）；《笠詩刊》（195期，1996.10）；《香港文學報》（1997.2）

鬼故事	創作時間：1996.3.9 發表處所：《新大陸詩刊》（34期，1996.6）；《珠海青年報》 （1996.4.18）；《笠詩刊》（195期，1996.10）
冬天的行板	創作時間：1996.3.9 發表處所：《聯合副刊》（1996.4.13）；《新大陸詩刊》（46期， 1998.6）；《笠詩刊》（205期，1998.6）；台灣現代詩網路聯盟每日一 詩（2000.20.2）；《新詩歌》（2003.10）；《詩天空》（12期，2007年 冬季號）；《中國詩人》（2001夏之卷）
百武彗星	創作時間：1996.3.23 發表處所：《人間副刊》（1996.5.10）；《新大陸詩刊》（34期， 1996.6）；《中國微型詩萃》（第二卷，2008.11）；《稻香湖》 （2008.12.1，38-39期）
慢條斯理的樂手	創作時間：1996.4.5 發表處所：《人間副刊》（1996.7.8）；《平沙報》（1998.3.25）；《新 大陸詩刊》（46期，1998.6）；《中國詩人》（2001夏之卷）
麻雀	創作時間：1996.4.12 發表處所：《笠詩刊》（200期，1997.8）；《新華文學》（42期， 1998.6）
朝陽下的樹	創作時間：1996.4.18 發表處所：《聯合副刊》（1996.5.27）；《新大陸詩刊》（35期， 1996.8）；《詩世界》（第三期，2000.8.28）
退休者之歌	創作時間：1996.6.14 發表處所：《文學台灣》（21期，1997.1）；《中央副刊》 （1996.8.14）；《中西詩歌》（2006年第2期）
清晨聽鳥	創作時間：1996.7.4 發表處所：《世界副刊》（1996.10.17）；《聯合副刊》（1996.9.28）； 《詩雙月刊》（總37期，1997.12.1）
微笑2	創作時間：1996.7.11 發表處所：《新大陸詩刊》（38期，1997.2）；《笠詩刊》（200期， 1997.8）；《華報》（1998.6.26）
鏡湖	創作時間：1996.9.7 發表處所：《新大陸詩刊》（37期，1996.10）；《中央副刊》 （1997.3.23）；《珠海文學》（1997.6）；《當代作家》（1998，四 期）；《新華文學》（47期，1999.9）
巨杉	創作時間：1996.9.8 發表處所：《新大陸詩刊》（37期，1996.10）；台灣詩學季刊（18期， 1997.3）；《人間副刊》（1997.6.20）；《珠海文學》（1997.6）；《當 代作家》（1998，四期）；《新華文學》（47期，1999.9）

天葬台之歌	創作時間：1996.9.12 發表處所：《新大陸詩刊》（38期，1997.2）；《詩雙月刊》（33期，1997.3.1）；《文學台灣》（24期，1997.10）；天葬台集詩（許以祺主編，1999）
在超級市場	創作時間：1996.12.23 發表處所：《新大陸詩刊》（39期，1997.4）；《曼谷中華日報》（1999.9.6）；《笠詩刊》（213期，1999.10）
聖誕夜	創作時間：1996.12.24 發表處所：《新大陸詩刊》（39期，1997.4）；《笠詩刊》（213期，1999.10）；《風笛》（36期，2005.1.14）
裝置藝術	創作時間：1997.1.30 發表處所：《明報明月副刊》（1997.5.7）；《美華文化人報》（3卷5期，1997.10）；《笠詩刊》（205期，1998.6）；《北美楓》（創刊號，2006）
雪在窗外靜悄悄	創作時間：1997.2.8 發表處所：《世界副刊》（1997.10.26）；《新大陸詩刊》（56期，2000.2）；《大風箏》2006年春卷
無性繁殖戀歌	創作時間：1997.3.9 發表處所：《笠詩刊》（213期，1999.10）；《聯合副刊》（1997.5.13）；《珠海文學》（1997.6）；《新大陸詩刊》（42期，1997.12）；《過目難忘詩歌》；《噯，情詩》（向明主編）；《青春讀書課》；《海外《華文文學》讀本＊詩歌卷》（熊國華主編，2009）
無性繁殖葬歌	創作時間：1997.3.9 發表處所：《珠海文學》（1997.6）；《新大陸詩刊》（42期，1997.12）；《創世紀》（114期，1998.3）
無性繁殖政歌	創作時間：1997.3.10 發表處所：《聯合副刊》（1997.5.13）；《珠海文學》（1997.6）；《新大陸詩刊》（42期，1997.12）；馬華文學（2001.12）；《笠詩選──穿越世紀的聲音》
眼睛	創作時間：1997.3.31 發表處所：《新大陸詩刊》（40期，1997.6）；《人間副刊》（1997.9.9）；《星洲日報文藝春秋》（2000.6.19）；《中國詩人》（2001夏之卷）
春雪	創作時間：1997.4.11 發表處所：《明報明月副刊》（1997.4.25）；《葡萄園》（142期，1999.5.15）；《星洲日報文藝春秋》（2000.7.23）；《中國詩人》（2001夏之卷）；《湄南河副刊》（2005.2.12）；《中國詩歌在線》「世界華語詩歌大展」專號

無夢之夜	創作時間：1997.5.23 發表處所：《新大陸詩刊》（42期，1997.10）：《平沙報》（1998.3.25）：《文學台灣》（29期，1999.1）：《中國詩人》（2001夏之卷）：《台灣詩學季刊》（38期，2002.3）：《羊城晚報》（2003.10.22）
思鄉病	創作時間：1997.5.26 發表處所：《華報》（2000.2.4）：《新大陸詩刊》（56期，2000.2）：《星洲日報文藝春秋》（2000.7.23）
古城之旅 ——公廁	創作時間：1997.6.4 發表處所：《台灣詩學季刊》（20期，1997.9）：《華報》（2000.2.18）：《光華日報》（2000.7.30）
古城之旅 ——圖書館	創作時間：1997.5.26 發表處所：《聯合副刊》（1997.9.13）：《美中新聞》（1997.10.10）：《僑報》（1998.1.12）
古城之旅 ——娼館.	創作時間：1997.5.26 發表處所：《聯合副刊》（1997.9.13）：《美中新聞》（1997.10.10）：《僑報》（1998.1.12）
神廟的完成	創作時間：1997.5.26 發表處所：《明報明月副刊》（1997.7.2）：《辰報》（1997.8.8）：《小詩三百首》（羅青編，2008）：《人間副刊》（1997.12.28）：《星洲日報文藝春秋》（2000.7.9）
阿波羅神廟	創作時間：1997.6.15 發表處所：《明報明月副刊》（1997.7.2）：《人間副刊》（1997.12.28）：《星洲日報文藝春秋》（2000.7.9）
仲夏日之夢	創作時間：1997.7.5 發表處所：《新大陸詩刊》（42期，1997.10）：《創世紀》（114期，1998.3）：《美華文學》（1999年5-6月號）
吊帶	創作時間：1997.8.19 發表處所：《明筆》（1998.9.21）：《文學台灣》（30期，1999.4）：《常青藤》（10期，2009.12）
中秋無月	創作時間：1997.9.18 發表處所：《文學台灣》（26期，1998.4）：《明筆》（1998.9.14）：《風笛詩社專輯》（2007.10.19）
秋景	創作時間：1997.11.9 發表處所：《明報明月副刊》（1997.12.8）：《橄欖樹》（1998年1期）：《中央副刊》（1998.4.27）：《中國詩人》（2001夏之卷）
流星	創作時間：1997.11.19 發表處所：《橄欖樹》（1998年1期）：《文學台灣》（30期，1999.4）

看馬	創作時間：1997.12.12 發表處所：《中央副刊》（1998.4.27）
黑馬	創作時間：1997.12.21 發表處所：《新大陸詩刊》（44期，1998.2）；《明報明月副刊》（1998.2.3）；《文學台灣》（32期，1999.10）；《中國鐵路文藝》（151期，2006.12）
聖嬰現象	創作時間：1998.1.20 發表處所：《明筆》（1998.9.21）；《地球村的詩報告》（江天編，1999.3）；《文學台灣》（32期，1999.10）；《新大陸詩刊》（58期，2000.6）
網	創作時間：1998.2.4 發表處所：《新大陸詩刊》（45期，1998.4）；《詩學季刊》（32期，2000.9）；《僑報》（2001.8.23）
白宮緋聞	創作時間：1998.2.7 發表處所：《新大陸詩刊》（45期，1998.4）
高度的挑戰	創作時間：1998.2.16 發表處所：《明報世紀副刊》（1998.2.28）；《新大陸詩刊》（58期，2000.6）；《乾坤詩刊》（55期，2010秋季號）
浮冰	創作時間：1998.7.11 發表處所：《明報明筆》（1998.8.26）；《新大陸詩刊》（48期，1998.10）；《美華文學》（22期，1998.8）；《創世紀》（116期，1998.9）；《星星》（1999.7）；《烏衣巷網刊》（2007年8月總第1期）
冰上鴛鴦	創作時間：1998.7.14 發表處所：《明報明筆》（1998.8.26）；《新大陸詩刊》（48期，1998.10）；《美華文學》（22期，1998.8）；《創世紀》（116期，1998.9）；《星星詩刊》（1999.7）
地心引力	創作時間：1998.7.24 發表處所：《聯合副刊》（1998.8.31）；《詩刊》（1998.10）；《新大陸詩刊》（49期，1998.12）
四季3	創作時間：1998.8.30 發表處所：《中央副刊》（1998.9.22）；《明報明筆》（1999.4.20）；《平沙報》（1999.8.10）；《解放日報》（2001.1）；《詩雙月刊》（1998.12）；《馬來西亞自由日報》（2003.2.21）
五官2	創作時間：1998.9.15 發表處所：《明報明筆》（1998.10.16）；《新大陸詩刊》（51期，1999.4）；《詩雙月刊》（1998.12）；《馬來西亞自由日報》（2003.6.6）

積木遊戲	創作時間：1998.9.16 發表處所：《明報明筆》（1999.3.18）；《人間副刊》（1999.3.24）；《新大陸詩刊》（51期，1999.4）；《詩刊》（2001.2）；《中華現代文學大系》；《笠詩刊》（253期，2006.06筆跡）
大冰河之歌	創作時間：1998.9.28 發表處所：《笠詩刊》（208期，1998.12）；《詩刊》（2001.2）
晨妝	創作時間：1998.11.14 發表處所：《明報明筆》（1998.12.11）；《中央副刊》（1999.1.14）
秋葉2	創作時間：1998.11.30 發表處所：《明報明筆》（1998.12.15）；《中央副刊》（1999.5.17）；《中國詩人》（2001春之卷）；《馬華文學》（2001.12）
風與旗	創作時間：1999.1.18 發表處所：《明報明筆》（1999.4.20）；《文學台灣》（38期，2001.4）；《中國詩人》（2001春之卷）；《馬華文學》（2001.12）
賽馬	創作時間：1999.3.12 發表處所：《聯合副刊》（1999.4.19）；《美華文學》（1999年5-6月號）；《明報明筆》（1999.8.4）；《新華文學》（52期，2001.1）；《文學台灣》（38期，2001.4）；《詩潮》（106期，2002.7-8）；《稻香湖詩刊》（33-36期合刊，2008.5.10）
不帶地圖我旅行	創作時間：1999.3.13 發表處所：《詩網絡》（第一期，2002.2）；《詩潮》（106期，2002.7-8）；《2002年詩歌選》（青海人民出版社，2003.5）；《稻香湖詩刊》（33-36期合刊，2008.5.10）
蚊蟲的蛙頌	創作時間：1999.3.15 發表處所：《情詩手稿》（2002.6）；《風笛》專輯110（2008.2.8）；《澳洲彩虹鸚》14期
四面佛	創作時間：1999.3.17 發表處所：《聯合副刊》（1999.6.11）；《世界副刊》（1999.7.19）；《馬華文學》（2001.12）
下凡	創作時間：1999.4.5 發表處所：《新大陸詩刊》（52期，1999.6）；《明報明筆》（1999.6.9）
天有二日或更多	創作時間：1999.4.20 發表處所：《人間副刊》（1999.10.19）；《詩刊》（1999.11）；《詩天空》（12期，2007年冬季號）
悼歌	創作時間：1999.5.16 發表處所：《世界副刊》（1999.6.18）；《中國詩人》（2001春之卷）

煙囪2	創作時間：1999.7.11 發表處所：《新大陸詩刊》（54期，1999.10）；《華報》（2000.12.15）
在天地之間	創作時間：1999.8.24 發表處所：《露天吧4——一刀中文網在線作家專號》
醉醺醺的世界	創作時間：1999.9.30 發表處所：《僑報》（1999.11.13）；《自由時報》（1999.12.7）；《詩網絡》（第一期，2002.2）；《春風詩人》（2010年創刊號）；《中西詩歌》（2006年第2期）
餘震	創作時間：1999.10.3 發表處所：《人間副刊》（1999.10.14）；The Chinese Pen（Taiwan，Spring2000）；《九月悲歌——921大地震詩歌集》（南投縣政府文化局，2000）；《詩歌－中外詩歌研究》（2008.2）
山澗	創作時間：1999.10.21 發表處所：《世界副刊》（1999.12.23）；《新大陸詩刊》（62期，2001.2）；《中國詩人》（2001春之卷）
印地安保留區賭場	創作時間：1999.10.22 發表處所：《中央副刊》（1999.11.19）；《華報》（2001.4.13）；《中國詩人》（2001春之卷）
別特摩爾大廈	創作時間：1999.10.24 發表處所：《僑報》（2000.2.15）；《中國詩人》（2001春之卷）；《中西詩歌》（2006年第2期）
藍脊山道	創作時間：1999.10.26 發表處所：《新大陸詩刊》（62期，2001.2）；《創世紀》（127期，2001.6）；《新詩界》（第四卷，2003.9）
牛鞭	創作時間：1999.11.9 發表處所：《詩學季刊》（32期，2000.9）；《華報》（2001.4.27；2001.8.31）；《春風詩人》（2010年創刊號）
埃菲爾鐵塔	創作時間：1999.12.24 發表處所：《笠詩刊》（216期，2000.4）
蒙娜麗莎的微笑	創作時間：1999.12.24 發表處所：《詩學季刊》（32期，2000.9）；《新大陸詩刊》（63期，2001.2）；《新詩界》（第四卷，2003.9）；〈中國詩歌在線〉「世界華語詩歌大展」專號
塞尚的靜物	創作時間：1999.12.25 發表處所：《笠詩刊》（216期，2000.4）；《新詩界》（第四卷，2003.9）；《中西詩歌》（2006年第2期）；《中國風》（第四期，2007.3月號）

非馬中文詩集

《在風城》（中英對照），笠詩刊社，臺北，1975。

《非馬詩選》，臺灣商務印書館「人人文庫」，臺北，1983。

《白馬集》，時報出版公司，臺北，1984。

《非馬集》，三聯書店「海外文叢」，香港，1984。

《四人集》（合集），中國友誼出版公司，北京，1985。

《篤篤有聲的馬蹄》，笠詩刊社「臺灣詩人選集」，臺北，1986。

《路》，爾雅出版社，臺北，1986。

《非馬短詩精選》，海峽文藝出版社，福州，1990。

《飛吧！精靈》，晨星出版社，臺中，1992。

《四國六人詩選》（合集），華文出版公司，中國，1992。

《非馬自選集》，貴州人民出版社「中國當代詩叢」，1993。

《宇宙中的綠洲——12人自選詩集》，國際文化出版公司，北京，1996。

《微雕世界》，臺中市立文化中心，臺中，1998。

《沒有非結不可的果》，書林出版公司，臺北，2000。

《非馬的詩》，花城出版社，廣州，2000。

《非馬短詩選》（中英對照），銀河出版社，香港，2003。

《非馬集》，國立臺灣文學館，臺南，2009（《非馬集－台》）。

《你是那風：非馬新詩自選集 第一卷(1950-1979)》，釀出版，台北，2011。

《夢之圖案：非馬新詩自選集 第二卷 (1980-1989)》，釀出版，台北，2011。

獨特的詩歌之路
——讀非馬的詩集《路》

李黎

　　去暑來美國之前，北京的青年詩人顧城曾對我說：「芝加哥有一位搞核能的詩人非馬，你應該讀一讀他的作品。」

　　「搞核能的詩人」，僅這一獨特的詞組就足以吸引我的好奇心了。我的詩人朋友們，大都是以全部精力從事詩歌創作，即使不是專業詩人，也是致力於向專業詩人發展，像非馬這樣以科技研究為職業，而詩歌創作亦搞得頗有聲色的人，我的確還是第一次聽說。前不久，終於有幸得到了他所惠寄的新詩集《路》。那散發著幽微的墨香之詩行，讓我看到了一條獨特的詩歌之路。

　　　　再曲折
　　　　總是引人
　　　　向前

　　　　從不自以為是
　　　　唯一的正途
　　　　在每個交叉口
　　　　都有牌子標示

> 往何處去
> 幾里

這是與這本詩選同名的小詩〈路〉。彷彿是作為全集的象徵與標示，這首小詩鮮明地體現了非馬的詩簡潔、明快、不假雕飾的重要特點。但他的簡潔與明快，又不是流于膚淺與平庸，而總是力求微言大義，於語言的凝煉與經濟之中寓含蓄、深刻的生活哲理。「從不自以為是／唯一的正途」，這一詩句生動抓住了「路」的特點，並將詩人的主觀意緒與其融為一體。

〈命運交響曲〉一詩：

> 用一個不肯走後門的
> 驕傲的額頭
> 在前門緊閉的
> 牆上
> 定音

讀罷也令人叫絕。詩人把音樂表相轉換成具體而生動的詩歌意象，使二者相互包含又相互印證，其結果是寓理因情趣而雋永；情趣因寓理而深長，真是「情致所至，妙不自尋」（司空圖語）。

　　詩人自己在序中寫道：「科技的訓練，無可否認地，對我的寫作有相當的幫助。如果說我的詩比較冷靜，較少激情與濫情，文字與形式也比較簡潔，便不得不歸功於這些訓練。」對於許多詩人與詩論家來說是尖銳對立的詩與科學，在非馬那裡卻得到了和諧與統一，這是頗值得我們思索的。

　　科學的研究不僅需要簡潔，而且需要透過紛紜以外在現象抓住本質，揭示出事物運動的內在規律。讀《路》中的詩歌作品，我們不能不發現其與上述情形驚人的相通之處。在〈一千零一夜〉一詩中，詩人寫道：幼小的我，曾對「聽一個故事，殺一個妻」的「天方夜譚」深信不疑。但「人，總有長大的時候」，現在的我則對「誦一段經，殺一批異教徒／殺一批異教徒，誦一段經」這樣的天方夜譚深信不疑。這首小詩，十分巧妙而又相當深刻地揭示出了數千年來，人類在其意識型態領域乃至今日仍在繼續重複著的悲劇。這種不是靠一車兵器，而是以寸鐵傷人、一箭中的的詩歌表現方式，確堪稱為非馬詩歌之一絕。諸如詩集中以〈漂水花〉、〈皺紋〉、〈新年〉等等詩作，也都與〈一千零一夜〉有異曲同工之妙。詩人似乎是在「俯拾即是」地作詩，他詩的靈感大都來自生活的一般表象，又都非無意為之，而是暗示著生活的內在規律，顯現著詩人的藝術匠心。

　　儘管現代不少著名的詩人、藝術家乃至哲學家把現代社會中詩與藝術的衰敗歸結為科學技術的高度發展，從而將詩歌與科學對立起來，但事實上，詩與科學在其本質上卻是相通的，這就是詩與科學都對真與美一往情深，都追求生命最終的充盈與和諧，都企及著冥冥之中的終極與無限。直接擊殺人類詩與藝術美好天性的是金錢的崇拜與權力的慾望，是程式化、通用化生產以後現代主義文化，它們不僅是詩與藝術的天敵，也是與人類探索科學的熱情相悖逆的。非馬相信：文學與科學具有相輔相成之可能；相信「今天的工程師不能再以專心於純技術上的事務為已足；他必須能面對技術的、經濟的、社會的以及政治的種種問題作整體的考慮與處置。」我想，正是出自如此觀念非馬才有其科研同時

吟詠詩的「閑情逸致」，才能在其詩中對台灣、大陸、美國的不同社會現象發表其獨特的詩意引伸與審美評價（參見〈芝加哥小夜曲〉、〈越戰紀念碑〉、〈狗運〉、〈惡補之後〉、〈染血的手〉等詩）。

　　讀畢這本詩集，我在想，非馬所走的這條獨特的詩歌之路，使他與現代社會生活有了更廣泛與緊密的聯繫，而《路》中所體現出的他「作為一個現代知識分子」的自我意識，不又是值得所有現代知識分子借鑒與思索的人生之路嗎？

一九八七年暑於杜克大學

原載：《中報副刊》，1987.10.3；《笠詩刊》141期，1987.10.15。

「照夜白」的象徵
——非馬

林明理

　　夜已深。窗外雨聲向我靠近。我閤上書，靜靜地諦聽著，想起了今天非馬e-mail的一句發人深省的話，感動了我：「我知道編詩選是一件苦差事……但以後有時間，還是要把台灣詩壇更完整地呈現出來。」我想了很久，決定進一步探照他的詩作，他是個永遠保持一個太陽的熱度的藝術家、也是一個具有深度思想的儒者。對非馬的研究，評論熱潮不斷，但人們也許好奇，為什麼會有那麼多的學者不約而同地研究起非馬？

　　研究非馬，是由於他的作品中充滿豐富的內涵與藝術氣韻，詩句是那麼強烈，構思中又飽含情感。讀著它，我們能體味出韓幹式的勁健豪情，或是一種雄渾的精神；詩中背後的故事往往是熱血與生命相聯的統一，深入到了幽深的心理領域，潛伏的文采在暗中閃爍，又一起噴射而出，且具有驚人的藝術力量。

　　七十年代末，獲1978年吳濁流新詩佳作獎的非馬，在〈醉漢〉中寫出：

　　　把短短的直巷
　　　走成一條

曲折
迴盪的
萬里愁腸

左一腳
十年
右一腳
十年
母親啊
我正努力
向您
走
來

　　對一個藝術家來說，這是首以他切身的體會來說明海外遊子思親之苦的極有高格與個性的詩句。其旨義在於等待的時間越長久，在他的記憶中的痕跡就越活躍與清晰起來，對過去戰爭的滄桑，仍帶有一種說不盡的意味。〈醉漢〉不僅把自己流落的徬徨，反思兩岸分隔的鄉愁的那種感覺，能明白強烈地表現出來了，這就使我們生命的體驗大大地加強了，在詩人心裡組合成說不完道不盡的情景交融的境界。彷彿中，卻讓人看到了這樣一幅真實的圖畫：

　　「一條短短的小巷中，萬籟俱寂，而那生機勃勃的山水似乎仍未來臨，突然，一個人劃破了這出奇的靜謐，周圍的一切都甦醒了，而小巷似乎變得更黑了……」不僅如此，我們還可以從那

種無盡的愁思中，感悟到一種人生的境界，這就是一首合詩之道的佳作；詩中也激起一種類似超自然的感覺，引導我們注意眼前世界之美，遂使平常之景顛覆為不平常，道出了詩人心中所有而寫下無盡的感受，讓讀者讀之動容，餘味不盡。

到底該如何看待非馬在八十年代的創作？我甚至可以說，非馬完成了對寫詩時代的超越，這階段非馬的作品評價高，欣賞非馬的詩已呈現一種審美體驗。一般而言，詩作純粹的美，是自由的美，只能在摒棄聯想的情況下，單靠對藝術直覺以形式感取勝，不能靠審美聯想。而非馬的詩，卻擁有內涵的美，也只有在審美聯想中，讀者才能沉入非馬的藝術世界，才能從中獲得審美愉悅。他在〈蛇〉中寫道：

出了伊甸園
再直的路
也走得曲折蜿蜒
艱難痛苦

偶而也會停下來
昂首
對著無止無盡的救贖之路
嗤嗤
吐幾下舌頭

非馬在詩句中用「嗤」、「吐」二字，的確是新鮮而又傳神的，特別富於表現力。究其原因，是非馬對普通言語作了某種疏

離與異化，他所追求的語言「驚人」效果，主張「一個字可以表達的，絕不用兩個字，前人或自己已使用過的意象，如無超越或新意，便竭力避免。」同韓愈要求「陳言務去」一樣是有充分的心理學依據的。

　　我認為，這首詩是非馬心靈的物化，是詩人自我的實現，也正體現出他的本質的豐富性，是基於主體審美心理結構的一種選擇；有一定藝術素養和欣賞能力的人便找到了他的文學藝術。詩人應希望在超越時空的、虛擬的藝術領域中，將自己內心隱秘的經驗、情感等轉化為一種有深層意蘊的意象。它滲透著詩人的身世之感：受盡顛沛流離，但仍前進不屈。

　　這首詩，是詩人成熟的標誌，詩情氛圍轉向靜穆中不失幽默一層。也許詩人體悟到，世間有多少人無從找到避風的港口？猶如一株失根的蘭花，亦或一條孤獨走出伊甸園的蛇，不知止於何處？也許該在滿佈曲折的人生道上奮勇前進吧！但，偶爾也有心靈疲憊的時候，也許俏皮地「吐幾下舌頭」，歇一下，再走出屬於自己的路吧！非馬的心智似乎變得更清爽、敏銳，進而領悟出生命的某一真理。他揚棄了某些舊質的我，而使詩句達到一種新的精神高度，詩人的想像力，飛翔得更加高遠了。

　　1988年開始，非馬開始繪畫與雕塑，幾年內也舉辦過多次展覽，又加深了向心靈世界的掘進。九十年代後，他在詩中常表現出詩人的奇異的審美知覺和想像，且能從尋常痛苦甚至醜惡的事物裡發現美和詩意。詩人也在〈流動的花朵〉中寫出真誠、浪漫主義的風格：

這群小蝴蝶
在陽光亮麗的草地上
彩排風景

卻有兩隻
最瀟灑的淡黃色
在半空中追逐嬉戲
久久
不肯就位

　　詩句是那麼抒情，情感發展又是那麼自然，不禁想問：蝴蝶會如何彩排風景？或許在詩人的世界裡，翩翩的小黃蝶，流動著像人一樣的感情，牠們和人一樣，也有悲歡離合的世界。這種脫俗的審美的獲得，唯有「即景會心」，才能把詩推到極致。直至近年來，非馬終於在現實社會的改變及對磨難的體會的力量下，把人們對精神自由的追尋與找回靈魂之「家」聯繫起來。於是寫下了如斯感人的詩篇〈生與死之歌〉：

　　——給瀕死的索馬利亞小孩
　　在斷氣之前
　　他只希望
　　能最後一次
　　吹脹
　　垂在他母親胸前
　　那兩個乾癟的

　　氣球
　　讓它們飛上
　　五彩繽紛的天空

　　慶祝他的生日
　　慶祝他的死日

　　在詩人的心目中，天堂是人類的精神故園，追尋到它，也就回到了靈魂的「家」。可以設想，當苦難經過一種刻骨銘心的記憶之後，悲慘的場面才被置於身外，從而發現景象的生動及隱含的悲哀。讀這首詩，我們為這位死於饑餓或戰火下的小孩感到惋惜，那眼前飄過的畫面，那令人失望的救援，而他是那麼瘦小，這怎麼不令人鼻酸呢？痛惜之情轉換為同情與深切的愛的過程中，讀者的心靈也從而得到了撫慰。

　　年逾七十的非馬，仍致力於追求詩的美，仍去探尋、探掘自我生命的動力。正因他的詩特別能夠彰顯現代感的意義，故能獨樹一幟，如近作〈花市〉一詩，充滿了希冀、光明及多重意涵：

　　萬紫千紅中
　　一隻金色的蜜蜂
　　營營嗡嗡
　　對著一朵
　　淡得不能再淡的黃花

還沒有買主呢
這隻蜜蜂
卻已在過去
與未來
在廣闊的土地
與深似侯門的花瓶間
疲於奔命

那支微褐的
尾針
在燦白的陽光下
咄咄欲吐

　　這是一首帶有濃重的寓言色彩的詩，是詩人自我表現的一種藝術，詩在意境的提鍊，技巧的運用，都給人一種十足的現代感，也是非馬個人的獨白。詩的本身不可解釋，但我以為，凡是具有藝術創造力的詩人，幾乎都擁有一個孤寂的自我世界。詩人在這世界中，他是以自然界的事物呈現其內心的感觸：那毫不顯眼的小黃花的孤絕和脫俗使他內心激起共鳴，激起同情和憐憫；而疲於東奔西跑的蜜蜂，以很鮮活的形象呈現。詩中的外延力，原是象徵著一個不可能實現的企求，但最後仍能給人希望，給人一種光明的願景。詩人也以這隻蜜蜂的熱情，強調了對小黃花的依戀，多麼唯美的意象啊！

　　記得德國哲學家尼采曾說過：「動物之中，只有人會笑，因

為人所體會的痛苦最深切。」當然，研究非馬，不同的專家有種種不同的理由；但我以為，非馬是豐富的，也是不可複製的。這些年來，他依然馬不停蹄地為肯定新生代詩人探索的同時，也善意地指出了新生代詩人創作的態度與不足，引導我們走向創作的自覺這條路。

重新讀著非馬的詩，彷彿中，那飛來飛去的蜜蜂，似乎不再是一道風景；當陽光穿過花叢，一隻蜜蜂在微涼的風中……我的心也變得坦蕩、自由起來。誰說，今夜只有微濛的雨，只有手指輕敲著鍵盤？

原載：《新大陸詩刊》113期，2009.8；《中外詩歌研究》2009年第2期（總第77期）；《創世紀》160期，2009年秋季號。

加送一頂「愛情詩人」的桂冠

冰花

　　提起詩人非馬，人們會自然而然地想到他是核工博士出身，因他的詩句蘊藏著核能般的能量，而送他一頂「核子詩人」的帽子，還因他的〈鳥籠〉和〈醉漢〉詩給人們的印象太深了，他又成了大家眼中的「鳥籠詩人」和「鄉愁詩人」。

　　〈鳥籠〉是短詩中的極品，評它的人很多，在這裡我先略談一下非馬是位傑出的「鄉愁詩人」。自古至今，寫鄉愁的詩很多，從李白的〈靜夜思〉到余光中的〈鄉愁〉，都是思鄉游子最好的精神食糧。李白的〈靜夜思〉給人以景色的美感，而非馬的〈醉漢〉除了美感外，更給人心靈的衝擊和震撼。是一首屬於全球華人甚至全人類的思鄉曲。

　　家鄉是什麼，是你的出生地，是兒時住過的小屋，是童年常去玩的小河邊，是媽媽和奶奶做的可口飯菜，是犯錯時爸爸的責罰。鄉愁又是什麼？是身在外夜深人靜時徹骨的思念，是節假日不能回去與親人團聚的孤獨，是歲月的艱辛和苦澀無人或無處可訴，是在域外生存碰到艱難卻不能流淚更不能倒下，是做夢和喝醉了都想回到媽媽的身邊……

　　而非馬的〈醉漢〉便很深刻而完整地抒發了這種鄉愁情懷。讓我們來看看這首詩：

把短短的直巷
走成一條
曲折
迴盪的
萬里愁腸

左一腳
十年
右一腳
十年
母親啊
我正努力
向您
走
來

　　短短的一生，卻千迴百轉，人生之路曲折多艱。但路途再艱險遙遠，腳步再沉重，時時想家的遊子，也要「左一腳／十年／右一腳／十年」，努力地向著白髮蒼蒼的母親走來。

　　這首發自遊子內心的形象而生動的呼喚，感動了不同膚色、種族和國家地域的讀者。親情的血濃於水，愛家愛國的普通又高潔的情操盡在詩中。四十個字所包涵的濃濃思鄉情結讓每位遊子為之震撼，過目後就終生難忘。深沉凝煉難以言表的遊子情懷是詩人賦予此詩意境美與內在美的生命。同時，這詩也凝集了造形與韻律的外在美，堪稱鄉愁詩中的絕代佳人，是鄉愁詩的巔峰

之作與經典極品。它屬於世界的文化精髓。還有，此詩的標題領軍了整首詩，這也是非馬善於把題目做為詩的重要部分的一個好例子。

非馬不僅是「鳥籠詩人」和「鄉愁詩人」，也是「反戰詩人」。他的〈越戰紀念碑〉、〈國殤日〉（都見自選集II）和〈電視〉（見自選集I）等詩，都是充滿哲理並深刻反映現實的愛好和平的反戰詩。聽說一位參加過越戰的老兵讀到〈國殤日〉這首詩時，說這樣的詩是該跪下來捧著讀的，可見他這類詩帶給讀者多麼巨大的震撼，更不用說那些親歷過殘酷戰爭的人了。

但我今天想送給非馬的另一頂桂冠，是「愛情詩人」。

非馬的詩涉及的題材範圍之廣，涵蓋了人類社會、經濟、政治、宗教、戰爭甚至宇宙萬物。可我卻發現人們忽略了一點，那就是非馬還是個寫情詩的高手。

總的來講，非馬的愛情詩具有構思獨特、角度新穎、意境優美、抒懷靈動的特點。而在語言上，因其自然質樸、通俗易懂、清澈雋永而膾炙人口。據我所知，非馬到目前為止已經寫了將近一千首詩。可能是因為他是一個感情內斂、深沉凝重的人，千首詩中寫愛情的只有寥寥的七、八十首，但這七、八十首情詩在我看來，幾乎每首都是精品。在這裡我想談談其中的四首。

〈吻〉

你的唇吻暖我的唇
或我的唇吻暖你的
都無關緊要

重要的是
我們仍有話要說
並試著把它說
好

此詩從看似平常的普通接吻，引出了不平常不普通的深刻寓意，提出了重要的問題，也寫出了新意。詩人沒有直接寫吻的甜蜜，也沒有描述把人沖昏頭的熱情，卻說出了一般人想不到的話：不必斤斤計較是你吻我或我吻你。這些「都無關緊要」，那緊要的是什麼呢？看看詩人的回答：「重要的是／我們仍有話要說／並試著把它說／好」。這出乎意料的回答卻是那樣的合情合理。它道出了情人間的體貼與互諒互信，用不含虛矯的共同語言進行靈魂的交融。綿綿的愛情，都在無言的甜吻中。

「並試著把它說／好」在我看來，這裡的「說／好」是指今後如何「做／好」，而不僅僅是「說說」而已。而「做／好」就是要有責任感，對愛情的細心呵護與溫存珍視。只有這樣認真對待愛情的人，才配得到真正的愛情。

〈春雪〉
愛做夢的你
此刻想必嘴邊漾著甜笑
我臨窗佇立
看白雪
在你夢中飛舞迴旋

　　真想撥通越洋電話
　　把話筒舉向窗外的天空
　　讓夢中的你也聽聽
　　氤氤氳氳
　　雪花飄盪的聲音

　　這首詩從想像心中的她開始，「愛做夢的你／此刻想必嘴邊漾著甜笑」一下子便抓住了讀者的心，把讀者帶進了一個激動盪漾的感情世界。接著鏡頭一轉，「我臨窗佇立／看白雪／在你夢中飛舞迴旋」。讀者好像看見了一位多情的「我」在窗前看著雪花瀟灑而多情地飄進了伊人的夢中。展現在眼前的是一幅溫馨雪夜的畫面。這樣的良辰美景，不同心愛的人共享是多麼的可惜！「真想撥通越洋電話／把話筒舉向窗外的天空／讓夢中的你也聽聽／氤氤氳氳／雪花飄盪的聲音」。此處的「把話筒舉向窗外的天空」真是妙筆生花，鮮活而靈動地把有情人的心理描寫得維妙維肖，自然而生動。對情感的表達細膩、到位和傳神並充滿了浪漫色彩，又非常深切感人，這在男詩人作品中十分罕見。可以說，這是我讀到的最優美的愛情詩篇之一。

　　接下來讓我們看看〈醒來〉這首詩：

　　你當然沒見過
　　從鳥鳴中升起
　　這個屬於今天的
　　鮮活世界

> 每道光
> 都明亮燦爛
> 每次愛
> 都是初戀

可以說此詩是句句有亮點，處處有精彩！在第一節裡，第一行「你當然沒見過」就像一位功底深厚的歌唱家一樣，用高亢的音調，唱出獲得了愛的自信與自豪，洋溢著愛的喜悅和幸福。因為仍沉浸在夜裡的愛情中，被鳥鳴吵醒也是一種愉快，正好回味重溫愛的滋味。 也正是因為心中有愛，所以就感到「從鳥鳴中升起／ 這個屬於今天的／鮮活世界」是那樣地充滿了生機和活力，一個令人勃然心動的鮮活的世界，一個看得到、聽得到、摸得到、感得到的屬於今天屬於愛情的世界。

　　第二節「每道光／都明亮燦爛」更是恰到好處地表達了愛情給人帶來的無比歡愉，心中有愛眼睛看到的便是到處流竄的燦爛光芒，鮮活的世界裡到處是多彩和瑰麗。而最後一節「每次愛／都是初戀」更是神來之筆，如畫龍點睛，更如音樂指揮家一揚手把樂曲推向了最高潮而戛然停止。讀後讓人忍不住拍手稱絕，回味無窮！在回味中，被詩人的真誠所感動，更為詩人對傳統倫理和愛情觀的挑戰而頓生敬意！長期以來，所謂的專一和忠貞不渝的愛情觀統治和束縛了人們對愛情的審美。好像愛情是一塊大餅，這塊大餅一生中只能給一個人吃，分給了別人，就少了或變了質。其實，許多人都知道這種觀點是不正確的，可卻沒人敢公開說出來。真實的情況是，愛情（以及其它各式各樣的感情）不是一塊大餅。它不一定會越分越少，反而有越分越多的可能。對

愛的專一並不等於愛是單一的。愛，可以是多元的，開放的，因相互激盪而滋生增長。多元的愛因此並不比單元的、封閉式的愛少。人的一生中可能遇到一次也可能遇到多次愛情。但是，只要是真正的愛情，「每次愛／都是初戀」！多麼真誠的愛情禮讚，多麼可貴的愛情詩篇。這是對幾千年愛情觀的修正與挑戰！當然，詩人也可能是在告訴我們，真正的愛情應該是純真的、強烈的、全心全意的。不受時間或空間的限制，不被世俗的考慮或金錢名位所污染，有如它是我們一生中僅有或僅能有的一次初戀。

在這裡我想提一下我最喜歡的當代詩人是席慕蓉和非馬，而就愛情詩而言，如果說席慕蓉的詩起點和終點一樣高，在揮之不去的無悔無怨的情懷裡，愛情始終如一。而非馬的愛情詩則是起點高而迄無終點，愛情裡飄著與時俱增的濃烈醇香。這一點，非馬的名篇〈秋窗〉就是一個很好的例子：

進入中年的妻
這些日子
總愛站在窗前梳妝
有如它是一面鏡子

洗盡鉛華的臉
淡雲薄施
卻雍容大方
如鏡中
成熟的風景

此詩可以說是從題目就開始了詩情畫意。溫情的丈夫默默地看著在秋窗前梳妝的妻，心中感慨萬千。和妻相識、相愛、結婚、育子，一起經歷過的風風雨雨歷歷在目。如今「洗盡鉛華的臉／淡雲薄施／卻雍容大方／如鏡中／成熟的風景」。妻雖韶華已逝、青春不再，可在丈夫心裡，中年的妻更加雍容華貴、端莊典雅、成熟美麗。這是深沉的愛情，是風霜洗禮過的秋葉般血濃於水的愛情，是親情與愛情融合為一體美如秋色的愛情，是濃郁的碩果纍纍的豐厚愛情。這杯由心底釀成的愛情之酒，由詩人的心靈深處流進讀者的心田，沁人心脾，感人肺腑！

　　如此懂得愛情、珍惜愛情、感恩愛情、為愛情禮讚和高歌的非馬，說他不僅是「核子詩人」、「鳥籠詩人」、「鄉愁詩人」和「反戰詩人」，更是「愛情詩人」，我想大家一定會贊同的！

原載：《美華文學》總第68期，2008年冬季號；《香港文學》
　　　299期，2009.11；《笠詩刊》277期，2010.6

詩藝的純熟與多樣化
──讀《非馬集》的隨想

吳開晉

　　非馬先生是享譽海峽兩岸和海外華文界的著名詩人。他從十六歲寫詩，已近一個花甲了。前些年系統地讀了他從上世紀六七十年代至新世紀初寫的詩作，曾寫了〈非馬的美學風格〉[①]一文，試從美學的高度對其詩作力加昇華；近又讀完國立台灣文學館出版的《非馬集》[②]，又有一些讀詩心得，現僅從詩歌藝術技巧方面談幾點粗淺體會。

　　人們讀詩，常強調詩的思想內涵和詩的感情，當然，這是一首詩中不可或缺的。但思想內涵和詩情的表達，必須通過恰當的藝術形式，而構建恰當藝術形式的手段，自然是多種多樣的藝術技巧。非馬寫詩，不僅依靠深層次的人生體驗，和客觀物象激發出的濃郁的詩情。而且還著力運用多種藝術技巧，抒情造境，創造多彩的藝術形象。舉一些生動的例證加以說明。在一般人的心目中，似乎意象說和意境說早已過時，其實做為好詩的單元組成，是離不開多種意象美的營造的，而意境則是古老的東方詩學的美學範疇之一，在西方近現代詩中，是重視意象美的創造的，對獨特的意境美，並不著力，也無此說，但作為中國古典詩和五四以來的優秀詩作，不僅有許多精美的意象組合，而且特別重

視對完整的藝術境界的建構，對此，在非馬的詩作中是可以尋到蹤跡的，他是既能把西方現代詩中的意象手法拿來運用，而且還能用多重意象組成一個優美深遠的意境。如他八十年代初寫的〈日落〉一首：

> 紅彤彤
> 掛在枝頭
> 是大得有點出奇
>
> 但滿懷興奮的樹
> 卻脹紅著臉堅持
> 這是他一天
> 結出的
> 果

說紅彤彤的太陽掛在樹枝上，這是多麼美的動人的意象呵！樹又為自己結出這麼大的果而興奮，紅著臉在堅守而不肯休息，這又創造出一個奇特而迷人的藝術境界：試想，夕陽西下，又紅又大，百鳥歸林，層林盡染，那掛在枝頭又大又圓又紅的太陽，在俯瞰大地萬物，這不是一幅絢麗多彩的落日光照的水彩畫或質感很強的油畫嗎？在這兒，意象美和意境美結合在一起了，類似的佳作還有〈鳥〉、〈太極拳〉、〈日出〉、〈夕陽〉等。非馬是詩人，也是畫家，在詩的繪畫美上是很下了功夫的，這也正是創造獨特意境的藝術手段。

　　除此之外，非馬創造詩美的藝術手段還有許多，如以虛化實的運用，擬人化，藝術誇張及多種比喻手段的駕馭等。這都為非馬的藝術世界的創造發揮了作用，信手再舉幾例：

　　在虛實轉換方面，詩人往往把沒形體、沒生命的東西使之形體化，具象化甚至賦予生命。如〈台北組曲〉中說中山北路的堵車，是「蠶食了／幾公分柏油路／蠶食了／一大塊撲撲跳動的錶面／蠶食了／有焦焦味道的歸心」；中華路上的擁擠，是「眾多／急躁的／腳／在背後／爭著踩死／每一個／不合節拍的／腳印」，從而增添了無限的情趣。

　　再如以豐富奇特的想像力運用擬人化的技巧。〈黃昏〉一首堪稱佳作：

　　　　你爭我奪
　　　　霓虹燈
　　　　像一群餓極了
　　　　的鯊魚
　　　　撕食著
　　　　一張張
　　　　浮腫的
　　　　臉

把霓虹燈描繪成像餓極了的鯊魚，撕食那些夜行人浮腫的臉，道出了人生的艱辛與冷漠。把霓虹燈擬人化，使詩作增添了無限的藝術的內在張力，給人們提供了豐富的想像空間。

還有用藝術誇張手法抒懷造物的巧用。誇張是在基本特徵相對真實的情況下，去放大、強化某一物象的獨特功能，從而給讀者腦中打下深深的烙印，並增加藝術感染力，如〈醉漢〉中寫歸鄉人「左一腳／十年／右一腳／十年」邁向母親的步履，即是一種誇張，但都達到了更本質的真實。再如〈非洲小孩〉：

一個大得出奇的
胃
日日夜夜
在他鼓起的腹內
蠕吸著

吸走了
猶未綻開的笑容
吸走了
滋潤母親心靈的淚水
吸走了
乾皺皮下僅有的一點點肉
終於吸起
他眼睛的漠然
以及張開的嘴裡
我們以為無聲
其實是超音域的
一個
慘絕人寰的呼叫

顯然，對胃的描寫是極度誇張的，這就突現了飢餓對非洲孩子摧殘的慘相，催人淚下。

多種比喻手法也是詩人創造藝術形象時常用的，打開詩集，獨特而生動的比喻比比皆是，如寫老婦額上的皺紋是沙啞的一遍一遍唱著悲慘歌曲的唱片紋溝（〈老婦〉）；寫戀人把臉「拉成一個簾幔深垂的長窗」（〈戀〉）；寫霸權的美國人把禿鷹捉去鑄成叮鐺響的千萬金幣，以金元統治世界（〈禿鷹〉）；如說人心的複雜多變是「心有千千結／每個結／都花花綠綠」（〈五官‧心〉）；如形容童年時父親的背是一座「仰之彌高」的大山（〈山〉），寫艾菲爾鐵塔是刺向天空心臟的鐵矛（〈艾菲爾鐵塔〉）等等，都是妙不可言的生動比喻，昭示詩人藝術技巧的純熟與多樣化。

此外，詩人還常以反向思維構思，如著名的〈鳥籠〉一詩，寫鳥飛走了，不是鳥獲得自由，而是鳥籠獲得了自由，這些都是為人稱道的佳篇，可見幾十年在詩藝詩美創造的路上，詩人非馬已登上了更高的藝術之塔。

2010年7月於北京

引用書目：

①吳開晉：《新詩的裂變與聚變——現代詩歌發展的歷史軌跡》。中國文學出版社，2003.11。

②莫渝編：《非馬集》。國立臺灣文學館，臺南，2009年。

原載：《新大陸詩刊》第120期，2010.10；《中國詩人》，2010
　　　年第六卷。

閱讀大詩11　PG0736

 蚱蜢世界：非馬新詩自選集
第三卷（1990-1999）

作　　者	非　馬
責任編輯	鄭伊庭
圖文排版	楊尚蓁
封面設計	蔡瑋中

出版策劃	釀出版
製作發行	秀威資訊科技股份有限公司
	114 台北市內湖區瑞光路76巷65號1樓
	電話：+886-2-2796-3638　傳真：+886-2-2796-1377
	服務信箱：service@showwe.com.tw
	http://www.showwe.com.tw
郵政劃撥	19563868　戶名：秀威資訊科技股份有限公司
展售門市	國家書店【松江門市】
	104 台北市中山區松江路209號1樓
	電話：+886-2-2518-0207　傳真：+886-2-2518-0778
網路訂購	秀威網路書店：http://www.bodbooks.com.tw
	國家網路書店：http://www.govbooks.com.tw
法律顧問	毛國樑　律師
總 經 銷	聯合發行股份有限公司
	231新北市新店區寶橋路235巷6弄6號4F
	電話：+886-2-2917-8022　傳真：+886-2-2915-6275

出版日期	2012年7月　BOD一版
定　　價	320元

Printed in Taiwan

國家圖書館出版品預行編目

蚱蜢世界:非馬新詩自選集. 第三卷(1990-1999) / 非馬作.
　-- 一版. -- 臺北市:釀出版, 2012.07
　　　面; 公分. -- (閱讀大詩 ; 11)
　BOD版
　ISBN 978-986-5976-39-2(平裝)

851.486　　　　　　　　　　　　　　101009038

讀者回函卡

感謝您購買本書，為提升服務品質，請填妥以下資料，將讀者回函卡直接寄
回或傳真本公司，收到您的寶貴意見後，我們會收藏記錄及檢討，謝謝！
如您需要了解本公司最新出版書目、購書優惠或企劃活動，歡迎您上網查詢
或下載相關資料：http:// www.showwe.com.tw

您購買的書名：＿＿＿＿＿＿＿＿＿＿＿＿＿＿＿＿＿＿＿＿＿＿＿＿

出生日期：＿＿＿＿＿年＿＿＿＿＿月＿＿＿＿＿日

學歷：□高中 (含) 以下　　　□大專　　　□研究所 (含) 以上

職業：□製造業　□金融業　□資訊業　□軍警　□傳播業　□自由業
　　　□服務業　□公務員　□教職　　□學生　□家管　□其它＿＿＿

購書地點：□網路書店　□實體書店　□書展　□郵購　□贈閱　□其他

您從何得知本書的消息？

　□網路書店　□實體書店　□網路搜尋　□電子報　□書訊　□雜誌
　□傳播媒體　□親友推薦　□網站推薦　□部落格　□其他＿＿＿＿＿＿

您對本書的評價：(請填代號　1.非常滿意　2.滿意　3.尚可　4.再改進)

　封面設計＿＿＿　版面編排＿＿＿　內容＿＿＿　文／譯筆＿＿＿　價格＿＿＿

讀完書後您覺得：

　□很有收穫　□有收穫　□收穫不多　□沒收穫

對我們的建議：＿＿＿＿＿＿＿＿＿＿＿＿＿＿＿＿＿＿＿＿＿＿＿＿

＿＿＿＿＿＿＿＿＿＿＿＿＿＿＿＿＿＿＿＿＿＿＿＿＿＿＿＿＿＿＿＿

＿＿＿＿＿＿＿＿＿＿＿＿＿＿＿＿＿＿＿＿＿＿＿＿＿＿＿＿＿＿＿＿

＿＿＿＿＿＿＿＿＿＿＿＿＿＿＿＿＿＿＿＿＿＿＿＿＿＿＿＿＿＿＿＿

11466
台北市內湖區瑞光路 76 巷 65 號 1 樓

秀威資訊科技股份有限公司　　　收

BOD 數位出版事業部

....

（請沿線對折寄回，謝謝！）

姓　　名：＿＿＿＿＿＿＿＿＿　年齡：＿＿＿＿　性別：□女　□男

郵遞區號：□□□□□

地　　址：＿＿＿＿＿＿＿＿＿＿＿＿＿＿＿＿＿＿＿＿＿＿＿

聯絡電話：(日) ＿＿＿＿＿＿＿＿＿＿　(夜) ＿＿＿＿＿＿＿＿＿＿

E-mail：＿＿＿＿＿＿＿＿＿＿＿＿＿＿＿＿＿＿＿＿＿＿＿